그랜드 펜윅 나라 정보

국토 면적 : 약 40제곱킬로미터

총 인구 : 6천 명가량

주요 소득원 : 와인과 양모 수출

지리 : 북부 알프스의 험준한 습곡에 자리한 작은 나라. 이 나라를 빼먹은 지도도 상당수 있음. 계곡 셋, 강 하나, 높이가 60미터쯤 되는 산 하나와 성 한 채가 있는 산악 국가. 북부 지역은 높은 산봉우리로 둘러싸여 있어 토질이 좋고 일조량도 풍부하다.

국가 원수 : 글로리아나 12세 대공녀

주요 정당 : 공화당, 노동당

대외관계 : 프랑스와 국경이 접해 있어 통신, 외교에서 상당 부분 의존하지만 그다지 좋아하는 편은 아니다. 미국과 우여곡절이 많으면서도 우호적인 관계에 있는데, 이것이 조롱인지 진심인지는 명확하지 않다.

경제 : 주요 수출품은 알이 작은 포도로 만들어 세계 와인 애호가들을 애타게 하는 와인. 그리고 뽀송뽀송한 양모.

교통 : 그랜드 펜윅 공국에는 헬기가 내릴 만한 장소조차 없으므로, 비행기를 타고 입국하겠다는 것은 말도 안 된다. 가까운 프랑스 공항에서 내려 자동차를 타고 가야 한다. 국내에는 자동차가 두 대뿐이고 대부분 자전거를 이용하거나 걸어다닌다.

국민성 : 넉넉지 않은 살림이지만 자급자족하며 자유롭게 살아온 국민답게 위풍당당함. 돈의 본질(돈이란 실은 종이 쪼가리에 불과하다는)을 제대로 파악하고 있는, 지구상 얼마 남지 않은 현명한 민족.

언어 : 신기하게도 영어

약소국 그랜드 펜윅의 **월스트리트 공략기**

약소국 그랜드 펜윅의 월스트리트 공략기

지은이 레너드 위벌리 **옮긴이** 박중서

초판 1쇄 발행 2005년 12월 10일
개정판 1쇄 발행 2010년 7월 23일

펴낸곳 뜨인돌출판사 **펴낸이** 고영은
총괄상무 김완중 **책임편집** 이진규
기획편집팀 이준희 이재두 신문수 이혜재
마케팅팀 이학수 오상욱 엄경자 진영수 **총무팀** 김용만 고은정

표지그림 이강훈 **필름출력** 스크린 **인쇄** 예림 **제책** 바다

신고번호 제313-1997-156호 **신고년월일** 1997년 3월 31일
주소 121-840 서울특별시 마포구 서교동 396-46
대표전화 (02)337-5252 **팩스** (02)337-5868
뜨인돌 홈페이지 www.ddstone.com **뜨인돌 블로그** blog.naver.com/ddstone1994

책값은 뒤표지에 있습니다.
ISBN 978-89-5807-146-4 03840
ISBN 978-89-5807-309-3 (세트)

이 도서의 국립중앙도서관 출판시도서목록(CIP)은
e-CIP 홈페이지(http://www.nl.go.kr/ecip)에서 이용하실 수 있습니다.
(CIP제어번호 : CIP2010002498)

약소국 그랜드 펜윅의 월스트리트 공략기

레너드 위벌리 지음
박중서 옮김

THE MOUSE ON WALL STREET

뜨인돌

THE MOUSE
ON WALL STREET

위험한 100만 달러 ······ 6

마운트조이 백작, 지금은 입을 다물어야 할 때 ······ 16

세금을 모조리 없애버립시다! ······ 36

자전거포 사장의 은행 창업 ······ 52

마운트조이의 실각과 벤트너의 집권 ······ 61

돈에 물타기나 와인에 물 타기나 ······ 75

1,000만 달러를 처리하라! ······ 85

글로리아나, 눈을 꼭 감고 핀을 꾹 누르다 ······ 97

충격과 공포의 주식투자 ······ 110

글로리아나, 천부적 자질 발견! ······ 121

차례

돈방석 대신 화단을! ⋯⋯ 131

미국 증권계의 큰손, 테드 홀렉 ⋯⋯ 139

거대 복합기업 피노 프로덕션의 탄생 ⋯⋯ 153

글로리아나, 세계 경제계의 거물이 되다 ⋯⋯ 163

손만 댔다 하면 대박, 그러나 그랜드 펜윅에는 저주 ⋯⋯ 174

의회, 결단을 내리다 ⋯⋯ 184

꼬질꼬질한 소포 꾸러미의 진실 ⋯⋯ 194

미국 경제, 혼란의 도가니에 빠지다 ⋯⋯ 209

황금 알을 낳는 생쥐, 그랜드 펜윅 ⋯⋯ 219

역자 후기 ⋯⋯ 226

위험한 100만 달러

세상은 평소처럼 소란스러웠다. 유럽과 아시아의 정치판과 전쟁터에서는 웬만한 긴급사태보다 더한 사건들이 일상적으로—이것이야말로 이들 국가의 재난 대처 능력이 뛰어나다는 증거이기도 하지만—벌어지곤 했다.

미국과 북北아프가니스탄 간의 평화협상은 벌써 3년째 공전 중이었다. 언제 어디서 양측이 만나 논의할지조차도 합의하지 못한 상태다. 미국 시카고 대학에서는 폴란드계 미국인 학생들이 캠퍼스를 점거하고, 역사책에 폴란드 위인들의 업적을 더 많이 실어달라고 요구하고 있었다. 그러자 러시아계 미국인 학생들은 이런 요구가 러시아 위인들의 업적을 깎아내리기 위한 속셈이라며 반발하고 나섰다. 그런가 하면 중국계 학생들은 학문의 자유와 더불어, 제1차 대륙횡단철도를 부설한 중국인 노동자들의 노고가 미국 역사 교과서에서 깡그리 무시되고 있다는 점에 항의하며 네 개의 도서관에 불을 질렀다.

동유럽에서는 대규모의 소련군이 탱크를 앞세워 루마니아와 헝가리로 진격했다. 그들은 '자유가 아니면 죽음을 달라'라는 구호가 넘치는 거리를 짓밟고 인민민주주의체제를 수립했다. 밀라노의 택시기사들은 독일 출신 가수인 카를 슈미트가 라 스칼라 극장에서 공연하는 오페라 〈오셀로〉의 주연으로 발탁되었다는 데 항의하며 파업을 벌이고 있었다.

이러한 일련의 사태에도 개의치 않고, 그랜드 펜윅 공국의 수상인 마운트조이 백작은 펜윅 성에 있는 집무실에 초연한 자세로 앉아 있었다. 이름에 걸맞은 귀족적인 용모의 은발머리 백작은 14년 전, 이 성의 지하에 보관되어 있는 Q폭탄의 위협으로부터 세계를 구했다고 여겼을 때의 모습 그대로, 전혀 늙지 않은 듯 보였다.

다만 백작은 해외우편물을 배달해주는 우체부의 불성실한 태도 때문에 골머리를 앓고 있었다. 공국에 오가는 편지를 배달하는 사람은 살라트라는 뚱한 성격의 버스기사로, 공국과 400미터가량 국경이 맞닿아 있으며 한때는 적국이었던 프랑스 사람이다.

살라트는 조간신문에서 프랑스가 다른 나라로부터 외교상 모욕을 받거나 불이익을 당했다는 기사를 읽으면, 이에 대한 앙갚음으로 혼자만의 파업을 벌이곤 했다. 그래서 그랜드 펜윅에서 외국으로 보내는 편지가 버스기사의 마음이 내킬 때까지

사나흘 넘게 국경의 우체통에 남아 있는 경우가 비일비재했다. 그는 한번 파업에 들어가면 외국에서 그랜드 펜윅으로 오는 편지 역시 배달하지 않았다. 그중에는 간혹 마운트조이 백작이나, 공국의 군주인 글로리아나 12세 대공녀에게 가는 중요한 외교 서한이 있었는데도 말이다.

화가 난 백작은 몇 번이나 프랑스 외무부에 항의서한을 보냈으나, 되돌아온 것이라곤 백작 자신도 즐겨 사용하는, 그럴듯하지만 실은 무의미한 말들로 가득 찬 핑계 위주의 답장뿐이었다.

그리하여 세계가 각지에서 벌어지는 폭동과 무력 충돌, 무역수지와 금값 변동 등으로 고민하고 있던 9월 아침에, 세계 최강대국 그랜드 펜윅 공국의 수상 마운트조이 백작은 자기가 구독하는 런던의 일간지 「타임스」가 오늘 오기는 할지, 그놈의 살라트란 녀석이 또 며칠 동안 일을 놔버리는 건 아닌지, 걱정에 걱정을 거듭하고 있었다.

하지만 때는 9월. 멀지 않은 숲에서 새들의 아름다운 노랫소리가 들려오고, 들판과 포도밭에 햇볕이 따뜻하게 내리쬐는 아름다운 아침이다 보니, 마운트조이 백작의 근심은 어느새 사라지고 말았다. 성 주위를 달리는 수레바퀴 소리며, 성으로 들어오는 마차가 도개교를 통과하며 내는 쿵쿵거리는 말발굽 소리도 정겹게만 들렸다. 수레에는 전 세계 와인애호가들이 하나같이 격찬해 마지않는 와인 재료인, 작고 검은 그랜드 펜윅 특산 포도가 잔뜩 실려 있었다.

올해는 포도가 풍작이었다. 포도는 알이 작고 단단했으며 당도가 무척 높았다. 그랜드 펜윅의 와인생산량은 매년 5,000병을 넘지 않았기 때문에 부르는 게 값일 정도로 인기가 좋았다.

양모 또한 품질이 좋아서 와인 못지않은 높은 가격에 수출되었다. 그랜드 펜윅의 산지에서 방목되는 양들로부터 털을 얻고, 차가운 물로 깨끗이 씻어 크림색이 감도는 양모는 영국에서 가장 인기가 좋았다.

그랜드 펜윅의 국가 재정수입은 모두 와인과 양모 수출에서 나왔다. 길이가 8킬로미터, 폭이 5킬로미터밖에 되지 않는 이 작은 나라의 인구는 겨우 5,000명이었다. 세계에서 가장 작은 군주제 국가인 그랜드 펜윅은 지난 500년간 국고 수입과 지출이 완전한 평형상태였으며, 통화가 안정되어 있었다. 그 외에도 그랜드 펜윅의 경제에는 특이한 점이 많았다.

임금과 물가의 악순환이니, 인플레이션이나 디플레이션에 대한 우려니, 무역 적자니 하는 고민 따위는 이 나라와 전혀 상관이 없었다. 임금이나 물가의 갑작스러운 상승이 불가능할 정도로 수출입에 있어 외국과 오랜 기간 긴밀한 관계를 맺고 있었으므로, 그랜드 펜윅의 파운드화는 스위스의 프랑화와 더불어 세계에서 가장 안정적인 통화라는 평판을 얻고 있었다.

1475년 건국 이래 외부 자금을 유치하려 한 적은 단 한 번, 바로 1954년에 미국을 상대로 전쟁을 선포했을 때였다. 그랜드 펜윅의 승리로 끝난 이 전쟁의 평화조약에 의해 공국은 와인을 별도의 관세나 부가세 없이 미국 시장에 팔 권리, 그랜드 펜윅 와인 맛 껌 공장을 미국에 설립할 권리를 보장받았다. 이 중에서 와인 맛 껌을 생산·판매할 권리는 얼마 지나지 않아 이익금의 일부를 로열티로 받고 회사 주식의 45퍼센트를 보유하는 조건으로 미국의 어느 제과업체에 넘겨주었다. 물론 그 회사에서 전혀 흑자를 내지 못했기 때문에 로열티는 한 푼도 없었지만, 그랜드 펜윅은 그 돈이 꼭 필요하지도 않았다. 공국에 필요한 수익은 와인과 양모 수출로도 충분했기 때문이다.

"하느님께서는 정말 우리를 특별히 아끼시는 모양이야."

백작은 창밖으로 펼쳐진 멋진 풍경을 보며 중얼거렸다.

"우린 세계적으로도 좋은 평판을 얻었고, 남의 땅을 넘보지 않고 우리 땅에서 우리 힘으로 땀 흘려 먹고사니까."

그는 계곡으로 이어지는 길을 따라 국경 쪽까지 눈길을 돌리다가 이렇게 덧붙였다.

"물론 저 빌어먹을 프랑스 녀석이 문제이긴 하지만."

바로 그 순간, 백작은 성을 향해 올라오는 자전거 한 대를 발견했다. 집무실 창문에서 보면 딱정벌레만 해보였지만, 실은 국경수비대 중 한 명인 윌 크레먼이었다. 백작은 그가 막 근무를 마치고 사흘 지난 「타임스」를 비롯한 온갖 우편물들을 받아 오는 길일 거라고 생각했다.

윌은 포도를 가득 실은 수레들을 휙휙 지나치며 빠르게 달려 오고 있었다. 아마도 세계의 정치인 가운데서 유일하게, 자전 거 속도를 보고 사안의 심각성을 파악하는 인물일 마운트조이 백작은 그 광경을 보고 아찔해졌다. 윌은 마차 위에서 누군가 자기를 알은척하며 손을 흔드는데도 속도를 늦추지 않았다. 그는 도리어 풀밭으로 뛰어들어 거위 떼를 혼비백산하게 하고, 민들레 씨를 사방으로 흩뜨리면서 도개교를 건너 성 마당으로 들어왔다.

"항공우편이라도 온 모양이군."

마운트조이 백작이 말했다.

"미국에서 온 편지겠지. 툭 하면 항공우편을 보내는 건 그 친구들뿐이니까."

역시나, 15분쯤 뒤에 집무실에 나타난 윌의 손에 들려 있는 것은 항공우편 봉투였다.

"뉴욕에서 왔더라고요."

윌은 그게 화성이나 금성에서 온 편지라도 되는 양 긴장한 목소리로 말했다.

"겨우 나흘 전에 부친 거예요. 그런데 오늘 도착하다니, 정말 대단하지 않아요?"

"자네는 뉴욕에 가보고 싶지 않나?"

백작이 물었다.

"15년 전 미카엘마스† 때 가본 적이 있죠."

윌이 대답했다.

"거기 도착하고 얼마 안 있어 로지라는 아가씨를 만났어요. 뭐, 기껏해야 3분쯤이나 얘기했을까. 하여간 진짜 미국 여자였어요. 그 사람을 아직도 기억하고 있다니, 우습네요. 그런데 저…… 우표는 제가

† 로마가톨릭과 동방정교회에서 이른바 '성 미카엘 대천사의 축일'로 지키는 날을 말한다. 로마에서는 9월 29일, 동방에서는 11월 8일이다.

가져도 될까요?"

"자네 우표수집도 하나?"

백작이 묻자 윌이 얼굴을 붉혔다.

"아…… 아닙니다, 백작님. 그냥…… 로지 생각이 나서요. 뭐랄까…… 그거라도 있으면 로지랑 함께 있는 듯한 기분이……. 미국에서 온 거니까……. 아시잖아요."

"그래. 무슨 뜻인지 알겠네."

마운트조이는 편지봉투에서 우표를 조심스레 뜯어 윌에게 건네주었다.

윌이 나가자 백작은 닫힌 문을 잠깐 동안 바라보았다. 그러고 나서 한숨을 쉬며 편지를 꺼내 평소처럼 봉투는 바닥에 휙 던져버리고, 편지지 맨 위에 찍힌 회사 로고를 보았다. '뉴저지 주 퍼시픽 그로브의 빅스터 제과회사라…….' 금방 떠오르진 않았지만 어딘가 낯익은 이름이었다. 그는 편지 내용으로 눈을 돌렸다.

그랜드펜윅 공국

펜윅 성

수상 집무실 내

마운트조이 백작 귀하

마운트조이 백작께

올해 들어 사상 최초로 자사 제품의 판매 실적이 크게 증가하였음을 알려드리게 되어 무척 기쁘게 생각합니다. 이는 부분적으로 소비 대중의 사회적 습관 변화에서 비롯된 것으로 파악되며, 덧붙여 이러한 변화를 최대한 활용한 저희의 노력 덕분으로 사료됩니다.

이 대목에서 백작은 얼굴을 찡그리며 편지를 든 손을 털썩 내렸다.

"'소비 대중의 사회적 습관 변화'라니?"

그는 이 문장을 다시 한 번 소리 내어 중얼거렸다.

"대체 이게 무슨 소리야? 말하는 꼬락서니 하고는……. '소비 대중'이라니, 이건 눈앞에 있는 건 뭐든 삼켜버리는 보아뱀 같은 말이군."

짜증을 낸 덕분에 기분이 어느 정도 가라앉자 백작은 계속 편지를 읽어내려갔다.

익히 알고 계시겠지만, 최근 미국의사협회의 한 연구에 의하면 흡연과 폐암 및 방광암, 그리고 신장 질환 및 경화 현상의 연관성에 대한 구체적인 내용이…….

"젠장! 미국 녀석들은 뭐하러 이런 의학 용어를 잔뜩 늘어놓은 거야? '방광암'이라니? 나는 방광이 어디에 붙어 있는지 모르고도 칠십 평생을 잘만 살았어. 이 황당한 인간들은 자기네들 뱃속에 홀딱 빠져 있나 보군."

그는 더 이상 편지를 읽지 않고 바닥에 던져버리고는 냅다 발로 찼다. 그러고는 천장에 매달린 종을 잡아당겨 시종에게 차 한 잔, 빵 한 조각과 함께 마멀레이드를 가져오라고 했다.

백작이 걷어찬 편지가 펄럭거리며 저만치 날아가는 사이, 그 안에서 미국 달러화 표시가 언뜻 보이는 종이가 한 장 비어져 나와 그의 앞에 떨어졌다. 금연운동협회 같은 데서 기부금을 요청하는 안내문이겠거니 생각한 백작은, 처음엔 아예 거들떠보지도 않았다. 그런데 차와 빵이 도착한 순간, 이제껏 잊고 있었던 이름의 정체가 선명히 떠올랐다. '빅스터 제과회사'. 미국에서 그랜드 펜윅 와인 맛 껌을 제조해 판매하기로 계약한 업체였다! 백작에게 그 이름이 생소할 법도 한 것이, 이들은 지난 몇 년간 공국에 아무런 연락도 하지 않고 그저 자기들끼리 알아서 일을 해왔던 터였다.

다시 흥미를 느낀 백작은 바닥에서 편지를 주워들고, 미국 사람들이 어떻게 담배 대신 껌 씹기에 열을 올리게 됐는지를 설명한 두어 단락을 건너뛴 후, 마지막 단락을 읽어내려갔다.

지난해 미국 내 그랜드 펜윅 와인 맛 껌의 판매로 인하여 제작비, 물류비, 광고비와 앞으로 지출할 추가 홍보 및 각종 세금을 제하고서도 250만 달러의 순이익이 발생하였습니다. 이에 이익금의 40퍼센트를 로열티로 지급하기로 했던 귀국과의 계약 제14조에 따라, 총 100만 달러를 로이드 은행 런던 지점에서 발행한 수표로 보내드립니다.

여기까지 읽은 백작은 더 이상 편지를 읽을 수가 없었다. 편지를 든 그의 손은 부들부들 떨렸고, 마멀레이드를 바른 빵 한 조각을 여전히 입에 물고 있었다. 자기가 얼마나 중요한 편지를 읽고 있는지를 깨달은 것이다.

"100만 달러라고? 맙소사, 이건 재앙이야! 세상 어디보다도 안정적인 우리 그랜드 펜윅의 경제 파탄을 노린 악질적이고, 계획적이고, 비열하고, 부당하기 짝이 없는 범죄라고! 이 나쁜 놈들이 이제는 우리를 망치려 하는구나!"

마운트조이 백작, **지금은 입을 다물어야 할 때**

어려운 일이 닥치면 일주일 내내 모든 업무를 중단하고 오로지 그 한 가지에만 골몰하며, 은근슬쩍 다른 사람들의 의견을 구하기. 이것이 마운트조이 백작의 습관이었다.

"재난이란 대부분 시간이 흐르면 저절로 해결된다."

그의 아버지는 종종 아들에게 이렇게 말해주곤 했다.

"세계사를 보면 알겠지만, 서둘러 한 결정일수록 더 큰 화를 불러오게 돼. 하느님이 세상을 창조하시는 데 7일이나 걸렸는데, 내가 답장 하나 쓰느라 3주 걸렸다고 해서 누가 감히 뭐라고 하겠니? 그 정도 시간이 지나면 더 이상 급한 일도 없어지고, 특별히 해야 할 일도 없어지기 마련이야."

백작은 이 조언이 언제나 옳다고 확신했다.

지금은 100만 달러가 그만한 거액을 소화할 만한 재간이 전혀 없는 그랜드 펜윅의 국고로 조만간 쏟아져 들어올 위기 상황이다. 이로 인해 국가 경제가 파탄 나지 않도록, 백작은 그 돈을 써서 없애버릴 방법을 궁리하기 시작했다.

그는 제일 먼저 글로리아나 12세 대공녀―백작의 말에 의하면 '이제껏 존재했던 유럽의 어느 군주보다도 아름다우신 분'―를 찾아가, 혹시 거처에 더 호화스러운 실내장식을 하실 의향이 있는지 물어보았다. 하지만 대공녀는 그럴 필요가 없다고 했다.

"3년이나 걸린 실내장식 공사가 이제 막 끝났는걸요, 보보 아저씨."

그녀가 말했다.

"또 그 끔찍한 페인트 통이니, 작업용 사다리니, 둘둘 말린 카펫 뭉치를 들여놓는 건 생각만 해도 끔찍하네요. 그나저나 또 무슨 계획을 세우신 건가요?"

백작을 잘 알고 있는 대공녀는 그가 아무 목적 없이 이런 질문을 하는 성격이 아니라는 것 또한 알고 있었다.

"계획이라뇨? 아무 일도 아닙니다."

마운트조이가 대답했다.

"뭔가 말씀하실 게 있는 것 같은데요."

"그렇긴 합니다, 전하."

마운트조이는 조금 머뭇거렸다.

"한때는 그저 입을 굳게 다무는 것이 신하의 임무였지요. 제 생각에는 지금이 바로 그 임무에 충실해야 할 때인 듯합니다.

하지만 나중에 적당한 때가 되면, 지금 제 마음에 담아둔 사연을 한 치도 숨김없이 다 밝히겠습니다. 물론 적당한 조언도 함께 말입니다."

"혹시 돈 문제인가요?"

글로리아나가 물었다.

"전하, 이건 단순한 돈 문제 이상입니다. 하지만 지금으로선 말씀드리기가 곤란하니, 더 이상 캐묻지 말아주십시오."

글로리아나는 고개를 끄덕였다. 글로리아나는 한 번도 마운트조이 백작의 청을 거절한 적이 없었다. 백작이 늘 공손한 말투로 부탁했고, 자신의 요청이 결국 그녀에게 이익이 된다는 확신을 주었기 때문이다. 대공녀는 다른 이야기로 화제를 바꾸었다.

"올해 포도 농사는 최근 20년 중 최고의 풍작인 것 같아요. 그러니 내년 1월쯤에 세금을 감면해주는 건 어떨까요? 가능하다면 조금이라도 세금을 덜 걷어야 국민의 살림살이가 나아지지 않겠어요? 지금은 누구든지 소득의 12퍼센트를 세금으로 내게 되어 있는데, 제가 보기엔 센 편이 아닌가 싶어요."

"저희가 매기는 세율은 서구에서 가장 낮답니다."

마운트조이가 대답했다.

"그래도 제 생각엔 좀 높은 것 같아요."

글로리아나가 말했다.

마운트조이는 방법을 생각해보겠다고 약속했지만, 사실은 인플레이션을 막기 위해서라도 세금 감면은 반대하는 입장이었다.

글로리아나 대공녀에게서 돈을 써버릴 방법을 찾지 못하자, 마운트조이는 공국의 육군 총사령관 겸 산림경비대장인 틸리 배스컴을 만나러 갔다. 틸리 배스컴은 대공녀의 남편이라 정치적으로 높은 자리에 앉지는 못했지만, 사실상 그랜드 펜윅의 내무부 장관과 국방부 장관을 겸임하다시피 하고 있었다.

그랜드 펜윅 공국의 자연이라고 해야 산 하나와 그랜드 펜윅 숲이 전부였다. 그나마 있는 숲도 사실은 겨우 2제곱킬로미터에 불과해서 '숲'이라는 말이 어울리지도 않았다. 하지만 그랜드 펜윅 사람들은 이 숲을 자랑스러워했기 때문에, 산림경비대장이라는 지위는 공국 내에서 대단한 영향력을 지녔고, 또한 존경받는 자리였다. 그리고 펜윅 숲에 특별히 예산이 필요했던 적은 한 번도 없었다.

공국의 국민들은 너 나 할 것 없이 숲을 아꼈고, 국민과 숲 사이에는 매우 깊은 유대감이 있었다. 마치 그랜드 펜윅의 혼은 성이 아니라 이 숲에 있다는 듯 말이다. 대단한 학식의 소유자인 틸리의 아버지 피어스 배스컴에 의하면, 그랜드 펜윅 사람들이 나무와 숲에 대해 갖고 있는 특별한 감정은 이교도들의 나무 숭배 의식과도 연관이 있다고 한다. 웨일스의 어느 마을 한가운데에는 카나번의 거대한 참나무라는 것이 있는데, 이 나무가 쓰러지는 날에는 웨일스도 무너진다는 전설이 있다. 또한 초창기 미국의 독립혁명가들은 커다란 소나무에 깃발을 걸곤 했다고 한다.

키가 크고 마른 체구에 안경을 낀 배스컴 노인은 조류에 대한 책을 세 권이나 저술해 세계 조류학자들로부터 좋은 평판을 받아왔다. 『그랜드 펜윅의 철새들』과 『그랜드 펜윅의 명금류鳴禽類』, 『그랜드 펜윅의 맹금류猛禽類』라는 책인데, 지금까지 유럽에서 나온 조류 관련서 가운데 최고라는 평을 얻었다.

털리 또한 아버지를 닮아 대단한 학구열의 소유자였다. 그는 특히 나무에 관한 전문가였다. 한번은 런던의 왕립학회에서 느릅나무의 질병과 토양 박테리아의 상호작용에 관한 논문을 발표해 과학자들로부터 큰 찬사를 받기도 했다. 아버지처럼 키가 크고, 근육질 체력에 입이 무거운 털리는 그랜드 펜윅의 어느 누구보다도 많은 나라를 여행했고 정치에도 조예가 깊어서 대공녀에게 간혹 조언을 했다. 그러나 절대로 직접 결정을 내리지는 않았다.

마운트조이 백작은 털리가 사무실로 사용하는 숲 속의 작은 오두막으로 그를 찾아갔다. 백작은 내년 예산안을 짜기 위해 자료를 수집 중인데, 혹시 숲을 관리하는 데 필요한 것이 있으면 이번 기회에 말해보라고 했다. 그는 아직 와인 맛 껌 이야기를 꺼내기는 이르다고 생각해서, 그저 양모와 와인 판매로 수익이 크게 늘었다고만 넌지시 말해두었다.

하지만 털리 또한 대공녀처럼 백작을 실망시켰다. 숲이야 늘 똑같아서 돈 쓸 일이 없다는 것이다. 새와 곤충과 식물이 완벽한 평형상태를 유지하고 있기 때문에 특별히 비료를 줄 일도, 해충을 박멸할 필요도 없어, 예년처럼 2천 파운드—미국 돈으로 환산하면 6천 달러 정도—면 넉넉할 것이라는 대답이었다.

"지난 몇 년 동안은 정말 크게 돈 들어갈 일이 없었습니다."

틸리가 말했다.

"돈이 남으면 세금 감면 혜택이라도 주는 건 어떨까요? 젊은 친구들 중에는 해외유학을 가고 싶어도 돈이 없어 못 가는 사람이 많잖아요. 부모의 세금을 감면해주면, 이 나라의 학력수준이 꽤 올라갈 겁니다."

"세금 감면이나 학력수준 향상은 지금 당장 이익이 된다고는 할 수 없으니까 그렇지."

마운트조이가 대답했다.

"자네도 알겠지만 대학 졸업한 놈들 중에 다시 농사 짓겠다는 녀석들이 몇이나 되나? 우리나라는 농사 지을 사람이 없으면 망할 수밖에 없지 않나? 저기 클레멘스나 휘태커나 애스굿 같은 농사꾼 자식들이 철학이니 공학이니 핵물리학 학위를 받는다는 생각만 해도 아찔하군. 고등교육이라는 게 산업중심 사회에는 도움이 될지 몰라도, 우리 같은 농업중심 사회에는 치명타가 될 걸세."

백작은 이 말을 남긴 채 오두막을 나왔다. 그는 다시 이 돈 무더기를 없앨 방법에 골몰했다. 남은 희망은 하나뿐이었다. 그마저 실패하면 글로리아나 대공녀에게 사실을 전부 털어놓고 추밀원 회의를 소집해서 이 문제를 해결해야 할 판이었다.

그의 마지막 희망은 저명한 물리학자 코킨츠 박사였다. 그는 쿼디움 원자를 발견한 장본인이자 세상 그 어떤 원자폭탄보다도 더 강력한 쿼디움 폭탄, 일명 Q폭탄의 개발자이기도 했다. 코킨츠 박사는 원래 그랜드 펜윅 출신이지만 어린 시절에 미국으로 건너갔다가, 훗날 그랜드 펜윅과 미국이 전쟁을 치를 때 포로가 되어 Q폭탄과 함께 고향으로 돌아왔다. 그는 후에도 Q폭탄의 관리자로 공국에 남아, 누구의 간섭도 받지 않고 물리학 연구를 계속하고 있었다. 과학 연구야말로 값비싼 장비를 많이 필요로 하는, 무척이나 돈이 많이 드는 분야다. 마운트조이 백작은 코킨츠 박사라면 100만 달러 정도는 단숨에 날려버릴 수 있으리라 확신했다.

코킨츠 박사의 연구실은 펜윅 성의 예루살렘 탑에 있었다. 박사는 환기가 잘되는 두 개의 방 중에 하나를 창고로, 그리고 다른 하나를 연구실 겸 서재로 쓰고 있었다. 이 위대한 과학자는 피어스 배스컴과 마찬가지로 새를 무척 좋아해서, 햇볕이 잘 드는 창가에 새장을 여러 개 두고 핀치, 골드핀치, 카나리아, 흑색과 흰색의 자바참새 등을 키우고 있었다. 코킨츠 박사는 종종 새장 문을 열어두고―유독한 화학실험을 할 때만 빼고는―새들이 마음껏 날아다닐 수 있도록 해주었다. 그는 새들을 정성껏 길렀으며, 새들도 주인을 무척 따랐다. 매일 아침마다―물론 뭔가 아이디어가 떠오르기만 하면 밤낮을 가리지 않았으니, 사실상 '언제든지'―박사가 연구실에 들어올 때면, 새들은 크리스마스 날 삼촌을 맞이하는 꼬맹이들처럼 신나게 재잘거리며 노래했다.

코킨츠 박사는 노벨상에 눈이 멀고 교재용 책을 써서 돈 벌기에만 급급한 요즘 과학자들과는 달랐다. 그는 다윈과 비슷한 유형의 인물로서, 모든 형태의 지식에 애정과 호기심을 갖고 있었다. 또한 탁월한 수학자이기도 해서, 무엇에 대해서든지 처음에는 수학적인 접근을 하곤 했다. 한편으로는 언제나 풍부한 상상력으로 독창적인 발상을 했다. 한번은 취미삼아 『속성 수학시험 교본』이란 책을 썼는데, 특히 옥스퍼드 대학 수학과의 수석 합격자들 사이에서 무척이나 인기가 높았다. 이 책은 일종의 5차원 기하학으로 가로, 세로, 높이라는 세 가지 차원의 개념에 시간과 비非시간이란 두 가지 차원을 더한 것이었다. 얼핏 대학교재처럼 보이는 이 책의 제목은 출판사에서 붙인 것이었다. 코킨츠 박사가 애초에 제안한 제목은 '소급되지 않는 절대값의 계산 원칙'이었다.

이 얇은 책에서 코킨츠 박사가 제시한 기본 원칙은 '영원'과 '무한' 속에서는 아무것도 움직일 수 없다는 것이었다. 거기에선 어떤 변화도 있을 수 없고, 영원하지 않은 차원의 물리나 화학 법칙이 적용될 수 없다는 뜻이었다.

한때는 캔터베리 대주교†까지도 혹시 이것이 천국의 존재에 대한 수학적 증명이 아닐까 해서 특별한 관심을 가지고 분석해보았지만, 겨우 두어 장 넘기고 읽기를 포기했다. 로마 교황청에서도 이 책을 주의 깊게 검토해보았으나, 특별한 점을 찾아내지 못했고 결국 저명한 신학자이자 수학자인 검열관 브루젤리니 추기경이 조

† 명목상으로는 체서와 요크셔 주를 총괄하는 '캔터베리 교구의 대주교'를 의미하지만, 실제로는 영국 국교회에서 국왕 다음가는 권위를 지닌 교계의 대표자이다.

언한 대로, 이 책은 매 세기마다 한 번씩만 검토해보기로 했다.

추기경은 이렇게 말했다.

"지금 당장은 이 책에 이단적인 내용이 들어 있는지 알 수 없습니다. 아무도 이해할 수 없기 때문이지요. 그러니 무슨 뜻인지 알게 될 때까지 계속 검토해볼 수밖에요."

요즘 코킨츠 박사는 이미 많은 사람들이 연구한 DNA 분자에 대해 관심을 갖기 시작했다. 그는 아이들이 갖고 노는 구슬을 어렵사리 얻어서 노벨상 수상자인 크릭과 왓슨이 제시한 것과는 여러 면에서 중대한 차이가 있는 DNA의 이중나선구조 모형을 만들어냈다. 그는 설탕 내의 수소 원자가 에놀에서 케톤 형태로 바뀌는 토토머화化†를 관찰했다. 그리고 '끈끈이', 즉 수소 원자를 비롯한 대부분의 원자들이 지니는 접착력을 새롭게 관찰하기 시작했다. 그러나 이번 연구는 시작하자마자 중단 위기를 맞았다. 코킨츠 박사와 그랜드 펜윅 어린이들의 구슬이 동이 났기 때문이다. 그러나 코킨츠 박사는 이 문제에 크게 신경 쓰지 않았다. 구슬이 더 생기기를 기다리는 동안 얼마든지 또 다른 연구 과제를 찾아낼 수 있기 때문이다. 그는 다른 어떤 과학자도 찾아내지 못한 흥미로운 주제를 찾아낼 수 있을 만큼 식견이 넓은데다가, 과학이 단지 누가 먼저 발견하는가 하는 경쟁—누군가가 자기보다 먼저 같은 주제로 논문을 써내기 전에, 내가 먼저 써야 한다는 품위 없는 난장판—이 되어서는 안 된다고 생각했다.

마운트조이 백작이 방문했을 무렵, 코킨츠 박사는 연구실 책상에서 종이와 연필을 가지고 뭔가 열심히 계산하고 있었다. 책상 위는 손바닥만 한 공간만 남기고 복잡하기 그지없는 온갖 기구가 잔뜩 널려 있는 상태였다.

"안녕하시오."

백작은 코를 킁킁거리며 방 안의 냄새를 맡았다. 그러고 나서는 시험관 받침대를 치우고 편안한 의자 위에 앉았다. 코킨츠 박사는 종이에 뭔가를 적어가며 계산하느라 바쁜 나머지 백작의 인사에 대답조차 하지 않았다.

"여기는 환기가 잘 안 되는 모양이군요."

백작이 말했다.

"에어컨 시설을 갖춘 방으로 연구실을 옮겨드리면 어떨까요? 이번 기회에 성 전체에 에어컨을 설치할까 생각 중이니 박사께서도 한번 생각해보십시오. 미국 사람들은 엄청나게 큰 호텔에도 에어컨 시설을 갖춰 놓으니, 이 정도 성쯤은 식은 죽 먹기겠죠."

"그냥 창문을 열면 되지 않습니까?"

박사가 두꺼운 안경 너머로 백작을 바라보며 물었다.

"창문이 여기 있는데요, 뭐."

박사는 머리를 까딱거리며 창문을 가리켰다.

"아, 창문 여실 때 증류기 조심하세요."

그가 덧붙였다.

"이 증류기로 뭘 하시는 겁니까?"

† 유기화합물의 여러 이성질체異性質體가 혼합된 채 서로 변환되어 평형을 유지하는 상황을 말한다.

마운트조이가 창문 쪽으로 다가가면서 물었다.

"혹시 진이라도 만들고 계신 건가요?"

코킨츠는 백작의 질문에 대꾸하지 않았다. 그는 마운트조이가 평소에 과학을 가리켜 "농부들이 할 수 있는 일은 아니지만, 그렇다고 고상한 신사들이 할 일도 아니다"라며 폄하한 것을 기억하기 때문이다. 백작의 견해에 비추어볼 때 과학이란, 학식은 풍부하지만 유머 감각도 없고 위험스럽기 짝이 없는, 이른바 제3계급이나 관심을 가질 만한 것이었다. 물론 코킨츠 박사까지 그런 류에 포함시키는 것은 아니었다. 하지만 백작은 과학자들이 그냥 내버려둬도 좋을 일에 꼭 손을 대려 한다고 곧잘 투덜거리기도 했다.

"잠시만 기다려주세요."

코킨츠 박사가 말했다.

"지금 계산하다가 중요한 대목에 와 있어서요. 여기서 틀리면 처음부터 다시 해야 하거든요."

"아, 걱정 마시고 천천히 하세요."

마운트조이가 대답했다.

"괜찮으시면 전 그사이에 연구실을 좀 둘러보죠."

그는 자리에서 일어나 연구실 곳곳을 돌아다니며 희한한 모양의 실험기구들을 구경했다. 박사가 만들어놓은 DNA의 나선 모형을 보고는 '새로 나온 크리스마스 트리인가 보군.' 하고 생각했다. 연구실 한쪽 구석에는 곰팡이가 슨 샌드위치가 놓여 있었고, 그 옆의 메모지에는 '네온', '아르곤' 그리고 '극미량이라는 세 단어가 적혀 있었다. 백작은 다시 의자에 앉아서, 이 연구실의 장비를 모두 새것으로 교환하려면 아무리 적게 잡아도 10만 달러 정도는 들겠다고 추산했다. 과학이 이렇게 돈을 물 쓰듯 낭비할 수 있는 분야라니! 문득 고마운 생각이 들면서 기분이 한결 나아졌다.

"시, 높은 도, 그리고 레."

코킨츠 박사가 말했다.

"단조 화성和聲. 그렇군."

그는 자신이 입고 있는 낡은 카디건 주머니에서 백작에겐 그저 장난감 피리로밖에 보이지 않는 물건을 꺼내더니, 방금 말한 세 음계를 불어보았다.

"그렇지. 예상했던 대로 정확한 소리가 나는군."

박사의 얼굴에 기쁨의 빛이 스쳤다.

"예상했던 정확한 소리라니요?"

마운트조이가 물었다.

"심심해서 음악에 대한 실험을 해보았죠. 음악도 근본적으로는 수학이니까요."

코킨츠 박사가 대답했다.

"그건 금시초문이군요."

마운트조이가 말했다.

"제가 알기로 음악이란 언어를 초월하는 의사소통의 한 형태이며, 모든 인류에게 공통이고, 심지어 야만인들에게도 통하는 것입니다. 그런데 그게 전부 수학이라니, 설명을 해주시면 좋겠군요. 모차르트의 〈마술 피리〉가 수학 공식에 불과하다니, 저로선 도무지 받아들일 수 없는 결론입니다."

"아니, 제 말씀은 말이죠,"

코킨츠가 말했다.

"음악이 '근본적으로' 수학이라는 겁니다. 예술에는 모두 수학적 바탕이 깔려 있어요. 음악만 해도 단지 초당 진동수가 높은 거죠. 마디당 박자수도 무척 많고요. 새들은 박자 같은 것을 알 리가 없죠. 하지만 만약 새들이 박자를 알게 된다면 세상 누구보다도 대단한 음악가가 될 겁니다. 음악이 매력적인 까닭은 바로 박자 때문이니까요. 음의 높낮이는 부차적인 것이죠. 새들은 음의 높낮이만 알지, 리듬 감각은 전혀 없어요."

"듣고 보니 그렇군요."

마운트조이가 대답했다.

"그나저나 제가 여기 온 까닭은 말입니다……."

"무슨 문제라도 있나요?"

코킨츠 박사는 카디건 주머니에서 움푹 파이프를 꺼내 물고 담배쌈지를 꺼냈다.

"뭐, 별일은 아닙니다."

마운트조이가 대답했다.

"별거 아니에요."

코킨츠 박사가 기다리는 사이에, 마운트조이는 어떻게 말을 꺼내야 고상해보일지 고민했다. 이 위대한 물리학자의 연구에 대해서 좀 더 잘 알고 있었으면 좋았겠지만, 실은 아무것도 모르기 때문에 일반적인 이야기부터 꺼냈다.

"코킨츠 박사. 잘 아시겠지만 저는 간혹 박사의 연구를 생각할 때마다 양심의 가책을 느끼곤 한답니다. 박사께서 넉넉잖은 형편 때문에 어떤 프로젝트를 시작도 못하시거나 혹은 완성하지 못하신다면, 저나 우리 공국이 후손들 앞에서 어떻게 고개를 들겠습니까. 그래서 혹시 박사께서 하시고자 하는 일이 있는데 저희가 충분한 뒷받침을 해드리지 못하는 것은 아닌가, 이러다가 세기의 역사에 중대한 오점을 남기게 되는 것은 아닌가, 걱정이 되더군요."

"그럼 저보고 여기를 떠나라는 말씀이신가요?"

코킨츠 박사가 수상쩍은 듯 물었다.

"백작님과 마찬가지로 저도 여기에 살 권리가 있지 않습니까? 제가 이곳에 남아 Q폭탄을 관리하는 대신, 아무에게도 간섭받지 않고 살게 해주겠다던 약속을 잊으신 건 아니지요?"

"저런, 저런."

마운트조이가 말했다.

"제 말뜻을 오해하신 모양이군요. 박사가 떠나시길 바라는 사람은 우리 공국에 아무도 없을 겁니다. 혹시나 박사께서 떠나시겠다고 고집하면 다들 크게 실망할 거고요. 절대 안 되죠, 안 되고말고요. 제가 걱정하는 것은 우리가 재정적으로 충분히 지원해드리지 못해서 박사의 연구에 지장이 있는 게 아닌가 하는 것뿐입니다."

그는 코킨츠의 연구실 전체를 빙 둘러 가리키는 몸짓을 해보였다.

"저야 과학에 대해서는 문외한입니다. 그런 제가 보기에도 실험기구들이 너무 오래된 것 같아요. 그러니 전자현미경인지 뭣인지 하고, 안개상자나 입자가속기 같은 최신 장비들을 갖춘 새 실험실을 하나 마련해드리면 어떨까요? 그러면 이런저런 실험을 더 편하게 하실 것 아닙니까. 박사께서 방금 말씀하신 음악 문제를 푸시는 동안 제가 잠시 여기를 둘러보았습니다. 박사는 지금 아주 중대하기 그지없는 연구를 하시는 게 분명한데, 그에 비해 시설이 빈약하기 짝이 없더군요. 과학 공식을 적어놓은 종이쪽지가 여기저기에 멋대로 흩어져 있고 말이지요. 그중에서 중요한 것은 메모리 뱅크라도 하나 장만해서 그 안에 저장해두는 것도 좋지 않겠습니까? 후손을 위해서라도요?"

이 말을 들은 코킨츠 박사는 한마디도 대꾸하지 않았다. 마운트조이 백작이 매우 너그러운 태도로 자금 지원을 제안하고 있다는 것은 알 수 있었다. 하지만 이는 별로 드문 일도 아니었다. 백작은 선거 때만 되면 갑자기 호의적이 되었다가, 선거가 끝나면 역시 갑작스럽게 평소의 인색한 태도로 돌아가곤 했다. 그런데 메모리 뱅크를 언급한 것은 이번이 처음이었다. 코킨츠 박사는 그런 장치가 필요하다고 생각해본 적이 없었다. 기억해야 할 것이 생기면 백작이 본 것처럼 종이에 적어서 책상 위에 올려두곤 했으니 말이다. 그중에서 다시 필요한 것이 있으면 정확하게 찾아냈다. 간혹 하루 이틀 정도 걸릴 때도 있지만 말이다. 필요한 쪽지를 찾느라 이것저것 뒤지다 보면,

다른 종이에 적은 내용이 오히려 흥미를 자극하는 경우도 없지 않았다. 이것이야말로 코킨츠 박사가 좋아하는 특별한 연구 방식이었다.

"알아보니 요즘에는 메모리 뱅크도 좋은 것이 많다더군요."

백작이 말했다.

"세상 구석구석에서 나온 갖가지 정보를 입력해놓으면, 누구든 어디서든지 바로 끄집어내서 쓸 수 있다면서요? 그것 참 엄청나게 도움이 되겠네요. 과학자들도 이젠 서로의 연구 정보를 공유하기가 편해졌다고 합니다. 지금 누가 무슨 연구를 하는지, 무슨 연구가 성과를 거두었는지 금세 알 수 있는 거죠. 그러니 시간과 노력이 크게 절약되지 않겠습니까?"

코킨츠 박사는 고개를 흔들었다.

"백작께서는 과학자에 대해 잘못된 생각을 갖고 계시군요. 과학자 가운데 90퍼센트는 사실 고도로 숙련된 단순 기술자에 불과합니다. 연구하느라 바쁜 사람들은 극히 소수죠. 과학자들 대부분은 농부와 비슷합니다. 조그마한 접시에 박테리아를 비롯한 온갖 것들을 끊임없이 길러내는 게 이들이 하는 일이죠. 그런 일은 단번에 끝나는 게 아니라서 수백 번이고 수천 번이고 반복해야 합니다. 독창적인 과학자들이라면 손에 꼽을 정도인데, 그런 사람들끼리는 이미 연구에 대한 의견을 주고받고 있죠. 이번에도 일본에 있는 이토하지 박사와 핀란드의 뷔요른 박사가 고맙게도 지금 우리 셋이 몰두하는 분야에 대한 내용을 편지에 자세히 적어 보내주었고요."

"어떤 분야의 실험인데요?"

마운트조이가 물었다. 그러자 코킨츠는 한숨을 쉬었다.

"한마디로 설명하기는 좀 어렵습니다."

박사가 말했다.

"백작께서도 고등학교 시절에 산성과 염기성 용액을 합치면 소금과 물이 생기는 현상에 대해 들어보신 적이 있겠죠?"

마운트조이는 이 현상을 기억해내려고 애썼지만, 말할 때마다 항상 입가에 침이 거품처럼 고이던 화학 선생님만 머릿속에 떠올랐다. 그의 뇌리에 생생히 남아 있는 것은 산과 알칼리의 작용도, 매연에서부터 메탄에 이르기까지 이 세상 모든 것에 들어 있다는 갖가지 탄소의 화학식도 아닌, 그 침 자국이었다.

"아, 그럼요. 기억하고말고요. 염기성 용액에 리트머스 종이를 담그면 파랗게 변하죠."

코킨츠 박사는 어딘가 떨떠름하게 고개를 끄덕였다.

"맞습니다."

그가 말했다.

"리트머스 종이를 산성 용액에 담그면 붉게 변하고요. 아시다시피 어떤 원소는 다른 특정한 원소를 끌어당기는 성질이 있습니다. 가령 대부분의 금속은 산소를 끌어당기기 때문에 쇠는 벌겋게 녹이 슬고, 놋쇠와 구리는 파랗게 변색되죠. 그리고 놋쇠는 산소를 많이 끌어당기지 않는 주석을 함유하고 있기 때문에 구리에 비해서는 녹이 덜 습니다. 여기서 중요한 것은 '왜'입니다. 왜 산소를 끌어당기는 원소가 그렇게 많은 걸까요? 왜 어떤 원자들 사이에는 친화성이 있는 반면, 어떤 원자들 사이에는 반발력이 있는 걸까요? 물론 지금이야 원자 장場이니, 원자핵이니 하는 것이 알려지긴 했지요. 그래서 양성자와 중성자, 그리고 다른 원자 입자들 사이의 인력에 대해서 다들 잘 알고 있습니다.

그런데 문득 이런 생각이 들더군요. '혹시 산소 원자의 핵 가운데, 개별적으로건 집단적으로건 금속 원자에는 있는데 산소 원자에는 결여된 어떤 입자가 있는 것일까? 그런 입자가 결여된 까닭에, 산소 원자가 다른 매우 다양한 요소와 결합함으로써 갖가지 산화물을 만들어낸다고 이론적으로 설명할 수 있을까?' 물론 이후의 연구 진행은 이보다 훨씬 더 복잡해 보이더군요. 시작이나마 비교적 단순했던 까닭은 다른 사람들의 연구가 이미 있었고, 그 내용을 제가 알 수 있었기 때문이지요."

그 이후의 설명은 마운트조이에겐 웅얼웅얼하는 소리로밖에 들리지 않았다. 그는 평소처럼 단 하나의 생각뿐이었다. '코킨츠 박사는 지금 제정신인가?' 과학자들이란 모두 미친 사람 아니면 제정신이 아니라는 속설을 믿는 건 아니었다. 하지만 코킨츠 박사는 자기 주위에 무슨 일이 일어나는지에 대해 너무 무신경했다. 마운트조이 백작은 자신이 아는 다른 과학자들, 가령 영국의 프리스틀리나 러더포드 같은 과학자들을 미쳤다고 생각해본 적이 없었다. 물론 파스퇴르와 라부아지에 같은 이들은 프랑스 사람인 까닭에 어딘가 좀 괴짜 기질이 있어 보이지만 말이다.

어쨌든 코킨츠 박사는 정신적으로 좀 불안해 보였다. 새들이며, 장난감 호루라기며, 수학이며, 원자를 연구한답시고 펼쳐놓은 갖가지 잡동사니며, 여기저기 굴러다니는 메모들 모두 정신병의 징후처럼 보였다. 물론 각각의 연구는 완전히 정상이고 합리적인 노력의 산물이었다. 하지만 코킨츠 박사처럼 연구물들을 뒤섞어놓으면 누구든 괴짜로 보게 마련이었다. 마운트조이백작은 '금속은 녹이 슨다.'라는 무지하게 단순한 사실을 복잡한 말로 줄줄이 늘어놓는 박사에게 결국 짜증을 내고 말았다.

"어험."

백작은 살짝 비꼬는 듯한 말투로 이렇게 말했다.

"중간에 말씀을 끊어 죄송합니다만, 박사께서도 제가 말한 메모리 뱅크에 대해 좀 생각해보시는 편이 낫지 않을까 싶군요. 다양한 크기의 전자현미경을 갖춘 새 실험실도 말입니다. 물론 컴퓨터도 한 대 들여놓아야겠지요. 요즘에는 주문 생산도 가능하다더군요. 굳이 기성 모델을 살 필요 없이 말입니다."

코킨츠 박사는 고개를 저었다.

"아닙니다. 필요하면 캘텍†이나 MIT에 물어보면 되거든요. 그랜드 펜윅에 컴퓨터라니요? 정말 우스운 이야기네요."

마운트조이가 가만히 보니, 마침 연구실 벽에 박혀 있던 커다란 돌이 하나 빠져 있었다. 겹겹이 쌓인 종이 더미 위에 돌이 놓여 있는 것으로 보아, 코킨츠 박사가 일부러 빼낸 듯했다.

"저건 또 뭡니까?"

백작이 돌을 가리키며 물었다.

"아, 식물표본을 납작하게 누르려고 빼놓은 겁니다."

"필요하시다면 표본 전용 압착기를 사드릴 수도 있습니다."

마운트조이가 말했다.

"굳이 그러실 필요는 없습니다. 이 벽은 두께가 2미터는 족히 되니까 대포알에도 끄떡없을 겁니다. 요즘엔 누가 대포를 쏠 리도 없으니 여기서 돌 하나 빼서 쓴다고 해도 큰일이야 없겠지요."

코킨츠 박사가 말했다.

"그렇다면 박사, 혹시 필요한 물건이 있으면 뭐든지 말씀해보십시오. 그럼 바로 주문해드릴 테니까요."

코킨츠 박사는 진지하게 한참 동안 생각했다.

"그러고 보니 하나 있긴 있군요."

그가 말했다.

"구슬을 한 열 봉지만 사주시면 실험에 아주 유용……."

마운트조이 백작은 박사의 말이 채 끝나기도 전에 연구실 밖으로 총총히 사라져버렸다.

† 캘리포니아 공과대학의 별칭.

세금을 **모조리 없애버립시다!**

"사람들은 흔히 돈을 악의 근원이라고 하는데, 실은 국가관계에 있어 중대하고도 인상적인 신뢰의 징표입니다."

마운트조이 백작이 말했다.

"이는 인간이 본래 서로를 불신하고, 적대하고, 악을 묵인하는 본성을 지녔기 때문에 세계 평화와 번영은 불가능하다는 냉소주의자들의 주장을 멋지게 반박하기도 하고요."

그러자 그랜드 펜윅 노동당의 당수이자 마운트조이 백작의 정적政敵이기도 한 데이비드 벤트너가 말했다.

"어찌 되었건, 이제 모든 세금을 없애버림으로써 우리나라 역사상 최초로 노동자들이 단 한 푼도 제하지 않은 월급봉투를 고스란히 집에 들고 가게 해야 합니다."

마운트조이는 벤트너의 말을 무시했다. 오늘처럼 중대한 논의가 있는 추밀원 회의석상에서 굳이 저 고집불통에 속 좁은 벤트너와 논쟁하고 싶지는 않았기 때문이다.

"혹시나 돈의 가치를 무너뜨리려는 사람이 있다면, 그가 바로 인류의 가장 소중한 재산인 '신뢰'를 무너뜨리려는 사람이라고 단정 지을 수밖에 없습니다. 그런 생각은 모든 상업과, 모든 안정과, 모든 정부와, 모든 문명의 기반을 무너뜨리니까요."

마운트조이가 말했다.

"저는 단지 월급봉투를 고스란히 노동자의 손에 쥐어주고, 세금을 폐지함으로써 국민 전부를 부자로 만들어주자는 겁니다."

벤트너가 집요하게 말하고 한마디 덧붙였다.

"그것이 제 생각이며, 저는 이를 반드시 관철할 겁니다."

"돈의 가치가 무너지면 신뢰도 무너지는 겁니다."

마운트조이가 말했다.

"신뢰가 무너지면, 정부나 문명도 종말을 맞고 야만시대로 되돌아갈 수밖에 없고요."

"하지만 그 돈은 본래 노동자들의 것이 아닙니까?"

마운트조이의 딴청 피우는 미사여구에 굴하지 않고 벤트너가 말했다.

"그러니 세금을 감면해서 그 돈을 원래 주인에게 돌려주자는 겁니다. 크리스마스 연휴에는 보너스를 주고요. 한 가구당 500실링씩 말입니다. 어차피 봄에 선거도 있지 않습니까."

"벤트너 씨."

마운트조이 백작이 엄숙하게 말했다.

"당신은 지금 뭔가 잘못 알고 있군요. 그게 뭔지 내 이 자리에서 설명해드리리다."

그는 품에서 얇은 지갑을 꺼낸 뒤, 그랜드 펜윅 공국의 10실링짜리 지폐를 한 장 꺼냈다.

"자, 이게 뭡니까?"

그는 벤트너와 다른 의원들 앞에 지폐를 내밀며 물었다.

"지폐 아닙니까."

벤트너가 대답했다.

"이게 얼마짜리요?"

백작이 다시 물었다.

"10실링짜리죠."

"이게 왜 10실링의 가치가 있는 겁니까?"

"거기 10실링이라고 적혀 있지 않습니까?"

"훌륭하시군. 그렇다면 지폐 위에 적혀 있는 금액을 그 지폐의 가치라고 보면 되겠군요?"

"그렇지요."

"그럼 그건 누가 정한 걸까요?"

"그야 정부죠. 그러니까, 우리의 저분 말씀입니다."

벤트너는 글로리아나 쪽을 향해 고갯짓을 하며 말했다.

"이 돈도 사실 저분 것이지요. 지폐에 저분의 초상화도 있으니까요. 군주께서 이 돈에 10실링, 혹은 얼마의 가치가 있다고 정해주셨기 때문에 지폐에 써놓은 것 아니겠습니까."

"벤트너 씨나 여기 계신 모든 분들이나, 그리고 그랜드 펜윅의 모든 이들이 이 종이 한 장에 10실링의 가치가 있다고 받아들이는 거지요? 단지 여기에 10실링의 가치가 있다고 하는 다른 누군가의 주장을 믿고서 말입니다. 이것 또한 '신뢰'라 할 수 있습니다. 이 지폐가 10실링의 가치를 지니게 된 것은 바로 '신뢰' 덕분입니다. 오로지 '신뢰'입니다."

"그래 봤자 농장 일꾼의 일주일치 집세밖에 안 되죠."

벤트너가 시무룩하게 대꾸했다.

"우유만 해도 1파인트에 10펜스나 하니, 요즘 물가가 너무 올랐어요."

"그러면 만약 내가 10실링짜리 지폐 600만 개를 우리나라의 모든 가정에 똑같이 나눠준다면 어떻게 되겠소? 그러면……."

마운트조이는 종이에 연필로 써가며 직접 계산해보았다.

"한 집에 10실링짜리가 6,000장씩 돌아가겠군. 그러면 아까 그 농장 일꾼은 전처럼 10실링에 오두막을 전세 낼 수 있을까요, 벤트너 씨?"

"물론이죠. 왜 안 되겠습니까?"

벤트너가 대답했다. 하지만 왠지 확신이 없는 듯한 말투였다.

"너무 쉽게 단정하면 곤란하지."

마운트조이가 빈정거리듯 말했다.

"만약 10실링짜리 지폐가 페니 동전처럼 흔해지면, 그 어떤 집주인도 겨우 10실링에 집을 빌려주지 않을 거요. 20이나 30, 어쩌면 40실링을 달라고 할지도 모르죠."

"그게 뭐 어떻다는 겁니까? 어차피 돈은 많은데, 집세가 좀 오르면 어떻습니까?"

"그러면 한 달 수입이 40실링인 사람은 어떻게 되겠소?"

백작이 맞받아쳤다.

"그야 돈을 더 벌면 되죠."

벤트너가 말했다.

"저를 비롯해서 우리 당이 추구하는 목표가 그거니까요."

그는 자신만만하게 대꾸했다.

"아하."

마운트조이가 말했다.

"그럼 그 사람이 생산한 물건, 와인이건 양모건 간에 그 물건이 외국에 팔리는 가격보다 그 사람이 받는 임금이 더 많아지면 어떻게 될까요?"

벤트너는 이 질문에 대꾸하려고 몇 번인가 입을 열었지만, 결국 찍소리 못하고 말았다. 신이 난 백작은 이 기회를 틈타 상대방을 궁지로 몰아넣을 최후의 일격을 가했다.

"결국 그 유명한 속담도 이젠 이렇게 바꿔야 할 겁니다. '돈의 남용은 모든 악의 근원이다'라고 말입니다."

마운트조이 백작이 의원들을 향해 말했다.

"여기서 돈의 남용이란, 돈이 너무 흔해서 그 가치를 잃게 되는 경우를 말합니다. 바꿔 말하면, 통화와 현물 사이의 관계가 불안정해지고 제멋대로 요동치는 바람에 국민들이 돈에 대한 신뢰를 잃는 것이죠. 통화 가치에 있어서 가장 중요한 것은 신

뢰입니다. 신뢰가 무너지면 혼란이 생기는 것은 불 보듯 뻔하
지요."

"저기, 잠깐만요."

가까스로 충격에서 벗어난 벤트너가 말했다.

"정말로 집집마다 10실링짜리 지폐를 6,000장씩 나눠주자고
할 사람은 없습니다. 제가 원하는 것은 다만 몇 년간이라도 세
금을 면제해줌으로써, 노동자들이 월급봉투를 고스란히 집에
가져가게 하자는 것뿐입니다."

"벤트너 씨."

마운트조이가 말했다.

"솔직히 당신과 나는 라이벌이니, 나로선 내년 선거에 대해
당신에게 조언을 해줄 필요가 없소. 하지만 이건 꼭 말해줘야
겠군요. 우리 공국에서 아무도 세금을 내지 않는다면, 도대체
무슨 공약을 가지고 당신네 당에 투표하라고 유권자들을 설득
할 거요?"

벤트너는 다시 한 번 찍소리 못하고 말았다.

마운트조이는 글로리아나 대공녀를 향해 이렇게 말했다.

"사실 아무런 해결책도 없이 이 문제를 무작정 회의에 상정
하고 싶지는 않았습니다. 이것이 생산에 관한 문제였다면 분명
히 어떤 해결책을 제시할 수 있었을 겁니다. 하지만 이처럼 큰
돈이 국고로 흘러들어온 문제에 있어서는, 저도 부분적인 해결
책밖에 찾을 수 없더군요. 원치 않은 막대한 돈이 생겼을 때 다
른 나라들은 어떻게 처리했는지, 역사적인 사례를 샅샅이 뒤져

보았는데도 말입니다."

"그러면 다른 나라에도 이렇게 갑작스레 많은 돈이 쏟아진 적이 있었다는 말씀이세요?"

글로리아나가 물었다.

"그렇습니다. 한두 나라가 아닙니다."

마운트조이가 말했다.

"미국은 제2차 세계대전 직후에 비슷한 문제로 한참 골치를 앓았습니다. 사실 이런 문제에는 오늘날의 민주국가보다도 예전의 군주제 국가가 훨씬 더 유능하게 대처했지요. 차르 치하의 러시아나, 군주제 시대의 프랑스에서는 궁정이나 귀족들이 잉여금액을 깡그리 써버리곤 했습니다. 덕분에 그런 돈이 국가의 재정구조에 악영향을 끼치는 일은 전혀 없었죠. 하지만 민주국가에서는 이 문제를 해결하기가 쉽지 않습니다. 전처럼 국가의 금융이나 산업에 아무런 영향을 주지 않으면서 잉여자금을 써버릴 수 있는 특권층이 아예 없으니까요."

"그러면 미국 사람들은 그 돈을 어떻게 처리했죠?"

글로리아나가 무척이나 궁금한 듯 물었다.

"처음에는 세금을 올려서 그 돈을 가능한 한 국고로 끌어들였습니다."

마운트조이가 말했다.

"미국은 세금을 짜내는 데 탁월한 나라니까요. 세금 때문에 못 살겠다며 반란을 일으켜서 세운 나라가, 나중에는 세금 분야의 마키아벨리가 됐다고나 할까요? 그렇게 거두어들인 돈이

한 달에 무려 수십억 달러나 되었는데, 미국 정부는 그 돈을 자국 내에서 쓸 수도 없었죠. 지금 우리 입장과 똑같았던 겁니다. 어떻게든 국내 경제에 영향이 미치지 않게 돈을 다 써버려야만 했어요.

우리에 비하면 미국은 훨씬 나은 편이었습니다. 그만한 규모에 힘과 명성이 있는 나라이니만큼, 해외 여러 나라에 원조 계획을 세워서 막대한 금액을 뭉텅뭉텅 써버렸지요. 덕분에 여러 나라가 미국에 호감을 갖게 되었고요. 물론 그렇게 돈을 쓴 효과가 확실히 드러났다고 할 수야 없지만, 하여간 자국 경제에 타격을 주지 않고 잉여자금을 처리한 겁니다."

"잠깐만요."

털리 배스컴이 끼어들었다.

"그 해외 원조금을 달러로 지불했다면, 그 돈은 다시 미국으로 돌아오지 않나요?"

"자네 말이 맞네."

마운트조이가 말했다.

"그러나 그리 빠르진 않았던 거지. 돈이 외국으로 나갔다가 다시 들어올 때까지 시간차가 상당했거든. 돈이 천천히 되돌아오는 동안 미국 정부는 이에 대비할 수 있도록 다시 한 번 자국 경제를 다잡았던 거고."

"세금을 더 올렸다는 이야기군요.†"

벤트너가 말했다.

† 미국 독립혁명을 촉발시킨 대표적인 원인 가운데 하나가 바로 '인지세'를 비롯한 영국 정부의 각종 세금이 었다는 역사적 사실을 꼬집는 발언이다.

"대개는 그렇게 하지."

마운트조이가 말했다.

"그럼 우리도 해외 원조 프로그램인가 뭔가를 만들면 안 되나요?"

글로리아나가 물었다.

"아일랜드 같은 데를 원조하면 어때요? 지난 100년 동안 어느 누구도 그 나라에 뭘 준 적이 없는 것 같던데요. 우리가 100만 달러를 그냥 줘버리는 거예요. 뭐, 크리스마스 선물이랄지, 적당한 구실을 대서 말이에요."

"그건 좋은 생각이 아닙니다."

마운트조이가 말했다.

"그러면 다들 아일랜드 공화국과 그랜드 펜윅 공국 사이에 동맹이 성립됐다고 생각할 것이고, 아직까지도 오렌지 공 윌리엄†에게 충성을 바치고 있는 북아일랜드의 여섯 개 주州는 심기가 매우 불편해질 테니까요."

"오렌지 공 윌리엄이라고요? 그 사람은 18세기 초에 죽었잖아요?"

글로리아나가 물었다.

"그렇긴 하죠."

마운트조이가 대답했다.

"하지만 영국령 아일랜드는 아직도 그 사람의 영향력 아래에 있다고 봐야 합니다.†† 하여간 해외 원조는 생각도 않는 편이 낫습니다. 우리 같은 중립국은 제아무리 좋은 해결책이 있어도 외국을 끌어들일 수 없으니까요."

"미국 사람들이 사용한 방법은 그것뿐인가요?"

글로리아나가 물었다.

"물론 더 있습니다. 그중 한 가지는 일종의 '속도 조절' 정책
이었습니다."

마운트조이가 대답했다.

"한 해에 세금으로 2,000억 달러를 거두어들인다고 치면, 그
중 절반인 1,000억 달러는 해외 원조 명목으로 보내버리는 겁
니다. 그러면 그 돈이 되돌아올 때까지 어느 정도 시간적 여유
가 생깁니다. 그동안 고정이율로 된 국채를 발행합니다. 일정
기간 동안은 현금상환이 불가능하기 때문에, 이 역시 잉여자금
을 없애는 역할을 합니다. 그와 동시에 국내에서 대형 국책사
업을 벌이는 거죠.

오늘날 미국의 관료체제는 지금까지 역사상 알려진 그 어떤
관료체제보다 거대한 규모를 자랑하고 있습니다. 이것은 많은
공무원에게 과도한 월급을 주면서, 일은 적게 하게 만드는 체
제라고 할 수 있죠. 이를 두고 납세자는 욕을 하겠죠. 하지만
관료체제는 돈을 소모하기 위해 만들어진 일종의 거대한 기계
라서, 한 번에 수십만 달러
씩 삼켜버리고 경제에 되돌
려주는 것은 극히 적으니,
납세자를 경제 파탄으로부
터 지켜준다고 봐야 합니

† 훗날 영국 왕(재위 1689-1702)이 된 윌리엄 3세
(1650-1702)를 말한다.
†† 프로테스탄트였던 윌리엄 3세는 스코틀랜드와 아일
랜드를 정복해 영국에 귀속시킨 것으로 유명하다. 오늘
날 아일랜드 국기에 있는 오렌지색 역시 프로테스탄트
를 의미하는 것으로 받아들여진다.

다. 사람들은 오늘날 미국 경제를 비난하지만, 사실 이런 관료 체제가 돈을 제대로 낭비하지 못할 경우에 발생할 큰 재난에 비하면 아무것도 아니죠. 미국 대통령이나 의회가 정부예산을 절반으로 뭉텅 삭감해버리는 행위는, 자칫하면 온 나라를 돌이 킬 수 없는 인플레이션의 소용돌이로 몰아넣는 위험한 행동입 니다. 물론 이 사실을 깨달은 사람은 많지 않지만 말입니다.

하나 더. 미국 사람들이 지닌 궁극적인 무기가 하나 있습니 다. 우리로선 감히 엄두도 낼 수 없는 방법이고 그야말로 자본 주의의 결정체라고 할 수 있는 것인데, 바로 생산품을 늘리는 것입니다. 하루가 멀다 하고 새로운 물건이 시장에 쌓이면 소 비가 활성화되고, 그러면 달러와 현물 사이의 관계가 비교적 안정을 찾게 되지요. 하지만 우리는 생산품의 종류나 수량이 한정되어 있습니다. 이런 상황에서 그놈의 껌 때문에 국고의 잉여자금이 급증한 것이지요. 만약 그 돈이 시중에 풀리면 물 가가 급등할 겁니다. 바꿔 말하자면 우리의 파운드화 가치가 급락한다는 뜻입니다. 통화와 현물의 관계를 안정시키지 못하 면, 결국 돈의 가치가 점점 떨어져서 나중에는 모든 거래를 물 물교환으로 해야 할지도 모릅니다."

"그러면 아까 말씀하셨던 '부분적인 해결책'은 뭔가요?"

글로리아나가 물었다.

"우선 현행 12퍼센트인 세금을 8퍼센트로 감면하는 대신, 그 만큼의 재정적자를 미국에서 들어온 돈으로 보충하는 겁니다. 그다음에는 코킨츠 박사로 하여금 필요한 것이건 아니건 간에 무조건 20만 달러어치의 실험장비를 구입하게 하는 거죠. 비싸고 고장 나기도 쉬운 장비를 미국에 주문하면 돈이 원래 있던 곳으로 보내는 셈이니 바람직하지 않습니까? 그리고 주문한 장비를 보험도 들지 말고 일반 화물로 보내라고 하면, 여기 도착해서는 손도 못 볼 정도로 망가져 있을 테니, 코킨츠 박사가 그 물건을 어떻게 쓸까 고민하지 않아도 되고요. 문제는 이렇게 해도 여전히 60만 달러 정도가 남는다는 것인데, 그걸 없애버릴 방법은 아직 없습니다."

그는 잠시 말을 멈추었다가, 다시 엄숙하게 이었다.

"전하께 말씀드리고 싶은 것은, 이번 사태는 시작에 불과하다는 것입니다. 이는 무려 600년 동안이나 지켜왔던 우리의 완전한 독립과 중립을 단 한 번에 무너뜨릴 수 있는 문제입니다. 올해 껌 판매 수익금은 100만 달러이지만, 내년 수익금은 200만 달러가 될 수도 있습니다. 그런 상황이 벌어진다면 우리는 어떻게 될지, 저로선 상상하고 싶지도 않습니다."

"차라리 그 껌 공장을 비롯해서 우리가 지닌 모든 권리를 포기하는 게 낫겠군요."

털리가 말했다.

"가능하다면 지금 당장 말입니다."

"맞아요. 문을 닫아버리면 되겠네요. 그렇죠?"

글로리아나가 물었다.

"그렇게 할 수 있지 않나요?"

마운트조이는 고개를 저었다.

"앞으로 10년 동안은 그 사업을 포기하거나 공장 문을 닫지 못하게 되어 있습니다. 미국 회사를 보호하는 차원에서 향후 25년간 껌을 생산하고 팔 권리를 계약서상에서 위임했기 때문입니다. 따라서 앞으로 10년은 계약이 유효합니다."

"어떤 멍청한 놈들이 그따위 계약을 맺은 겁니까?"

지금껏 장황하게 펼쳐진 마운트조이의 연설에 넌더리가 난 벤트너가 쏘아붙였다.

"미국 국무부 장관과 글로리아나 12세 대공녀 전하, 그리고 전하의 고문 자격으로 나 마운트조이가 맺었소."

마운트조이가 대꾸했다.

"미국 상원의회와 우리 그랜드 펜윅 의회의 비준을 거쳤고 말이오."

마운트조이는 벤트너를 바라보며 한마디 덧붙였다.

"벤트너 씨 말마따나 이 일에 관여한 '멍청이'들은 한둘이 아닌 거요."

벤트너는 마운트조이의 말을 무시한 채 이렇게 되물었다.

"껌을 미국에서 팔기 위해 그런 국제조약까지 다 맺었다는 겁니까?"

"그렇지."

마운트조이가 말했다.

"그 조항은 그랜드 펜윅 공국과 미국의 평화조약에 삽입되어 있었네. 그런 부가조항이야 드문 것도 아니지. 제2차 세계대전 직후에 맺어진 오스트리아의 평화조약에는 트리에스테†의 경찰서와 소방서 조직에 대한 내용까지 부가조항으로 있었으니 말일세."

"그나저나 지금까지 한 가지 가장 확실한 해결책을 간과하고 있었던 것 같군요."

털리가 말했다.

"그 돈을 미국 은행에 예치하거나, 미국 채권을 사두면 되지 않습니까? 그러면 굳이 그 돈을 그랜드 펜윅으로 가져올 필요도 없고, 돈이 넘칠까봐 전전긍긍할 필요도 없을 텐데요."

"그건 불가능하네. 언제까지나 그 사실을 비밀로 할 수는 없기 때문이지."

마운트조이가 말했다.

"로열티가 쌓이면 나중에는 매년 막대한 이윤이 생길 걸세. 그러면 소문이 돌고 돌아 우리 국민 모두가 그 사실을, 그러니까 정부가 미다스에 맞먹는 막대한 재산을 갖고 있다는 사실을 알게 될 걸세. 결국 전부건 일부건 그 금액을 우리 국민에게 나누어주어야 할 날이 올 거고, 그럼 모두 끝장인 거지."

"저기, 잠깐만요."

벤트너가 말했다.

"저는 그 의견에 반대입니다. 차라리 제가 건의한 대로 세금을 면제해주는 것이 낫습니다. 소득세를 비롯해서 모든 세금을 그랜드 펜윅에서 없애버리는 겁니다. 지금

† 트리에스테는 14세기 말부터 오스트리아의 영토였다가 제1차 세계대전 직후에 이탈리아의 영토가 되었다. 제2차 세계대전 직후인 1947년부터는 영미 양국과 유고슬라비아가 분할통치했으며, 1974년에 이르러 이 중 일부가 다시 이탈리아에 귀속되었다.

돈이 있는데 왜 안 됩니까? 왜 계속해서 세금을 내야 합니까?"

그는 이제껏 앞에 있는 메모장에 끄적거리며 계산해놓은 것을 보며 말했다.

"지금 우리가 가진 돈이면 앞으로 3년 동안은 그랜드 펜윅에서 소득세를 걷을 필요가 없습니다. 어쩌면 그 이후에도 세금이 필요 없을지 모르죠. 제가 바라는 게 바로 그겁니다. 그 돈을 나라 살림에 쓰는 대신, 노동자들이 번 돈을 고스란히 집에 가져가게 해줍시다."

"듣고 보니 벤트너 씨의 말도 일리가 있어요."

글로리아나가 말했다.

"저도 같은 생각입니다. 그러면 소득세를 면제해주는 걸로 하죠?"

틸리가 말했다.

"여러분은 지금 중대한 실수를 하고 있습니다."

마운트조이가 말했다.

"분명히 말씀드리지 않았습니까? 국민이 정부에 세금을 내지 않으면 정부에 아무런 관심을 갖지 않을 겁니다. 자기들 지갑을 건드리지 않는 한, 국가가 어떻게 돈을 쓰고 정책이 어떻게 되어가는지 아무도 관심이 없을 거란 말입니다."

"지금 같은 상황에서는 미봉책이라도 써야지요."

글로리아나가 말했다.

"이런 돈이 생겼다는 사실을 국민들에게 알리세요. 이 일을 숨기는 것은 온당치 못하다는 생각이 들어요. 마운트조이 백작께서는 우선 기존 세율을 절반으로 인하한 새로운 예산안을 편성해서 그랜드 펜윅 의회에 제출해주시기 바랍니다. 세금 면제 여부는 앞으로의 재정상황을 봐가면서 결정하겠습니다."

곧이어 추밀원의 찬반 표결에서 3대 1로 이 안이 채택되었다.

자전거포 사장의 **은행 창업**

그랜드 펜윅 자유의회는 유럽에서도 가장 오래된 의회로 유명하다. 맨 섬†에 있는 유명한 키 의회††보다 앞선 것은 물론이고, 구성 면에서도 합리적이다. 영국 의회와 마찬가지로 상원은 성직자 및 귀족 출신 의원으로 구성되어 있고, 일명 '자유의회'인 하원은 국민에 의해 직접 선출된 대의원들이다. 상원은 법안에 거부권을 행사할 수 있지만, 법안을 직접 상정하지는 못한다. 그리고 어떤 법안에 대해서든 거부권은 단 두 번까지만 사용할 수 있다. 세 번째로 하원을 통과한 법률은 자동적으로 상원을 거쳐서, 입헌군주로서 제한적인 권한만을 보유한 대공녀의 승인을 받게 되는 것이다.

추밀원 회의가 끝난 직후, 공국에 갑자기 돈벼락이 쏟아졌다는 소문이 온 나라에 퍼졌다. 소문은 시간이 지날수록 눈덩이처럼 불어났다. 공국 사람들은 각자 얼마나 보너스를 받게 될까 궁금해하며, 백작의 새로운 예산안이 발표되기만 기다렸다. 처음에는 돈의 액수가 실제보다 적게 알려졌지만, 곧이어 실제 액수가 밝혀졌고, 그다음에는 실제보다 훨씬 더 큰 액수로 둔갑했다. 그래서 어떤 이는 조만간 마운트조이 백작이 예산안을 발표함과 동시에 자신이 '일만장자'―그러니까 '1만 달러를 소유한 부자'라는 뜻인데, 그 정도만 해도 한 사람이 10년 동안 월급을 꼬박 모아야 하는 어마어마한 금액이었다―가 되리라는 기대에 부풀어 있었다.

이런 기대가 만연하게 된 데에는 벤트너의 부추김도 없지 않았다. 그는 미국에서 들어온 돈이 일부는 세금 감면으로, 일부는 보너스 형식으로 노동자들에게 모두 돌아가야 한다고 믿어 의심치 않았다. 그래서 사람들의 기대치를 이만큼 높여놓은 이상, 제아무리 마운트조이라 하더라도 다른 데 빼돌리진 못할 테니, 결국 어떻게든 국민에게 모조리 내놓을 수밖에 없을 거라 판단하고 있었다.

그렇게 막대한 돈이 미국에서 들어왔다는 사실이 알려지면서, 그랜드 펜윅 사람들 대부분은 미국에 호의적이 되었다. 어느 집 창문에는 미국 국기가 걸리기도 했고, '구부러진 막대기'―그랜드 펜윅 육군의 주력 무기인 '장궁'을 가리키는 말이다―주점에

† 영국과 아일랜드 사이에 있는 섬

†† 영국에 속하지만 상당한 자치를 누리고 있는 맨 섬의 양원제 의회인 '티월드' 가운데 하원의회의 별칭으로, 그 기원은 무려 15세기로 거슬러 올라간다. 여기서 키란 '선출되었다' 라는 뜻의 노르웨이어 '키오샤'의 오기로 추측된다.

서는 미국 해병대도 훈련만 잘 받으면 그랜드 펜윅의 중기병과 어깨를 나란히 할 날이 올 테니 희망을 가져야 한다고 큰소리 치는 사람도 있었다.

사람들은 너 나 할 것 없이 그 돈을 어떻게 쓸지를 놓고 행복한 공상에 잠겼다. 어떤 사람은 집을 싹 뜯어고치겠다고 했고, 어떤 사람은 아예 집을 새로 짓거나 방을 한두 개 늘리겠다고 했다. 그러다 보니 돈을 받지도 않았는데 외국에 자전거—그랜드 펜윅에서 말을 제외하면 유일한 교통수단인—를 주문하는 집이 늘어났다. 그로 인해 그랜드 펜윅에 단 하나뿐인 대장간 겸 자전거포 주인인 시드 크로머는 이러다간 망하게 생겼다며 투덜거렸다.

"지난 한 주 내내 톱니바퀴나 체인을 갈러 오는 사람이 하나도 없었단 말일세!"

그는 기름에 찌들어 시커멓고 지저분한 손가락을 벤트너의 코앞에 바싹 들이대고 삿대질을 하며 소리 질렀다.

"다들 새 자전거를 사게 생겼으니, 이제 누가 자전거를 수리해서 타겠나? 어디 할 말이 있으면 해보게."

"이보게, 좀 진정하라고."

벤트너가 말했다.

"그렇다고 자네가 할 일이 없어질 것 같은가? 얼마 안 있어 모두 새 자전거를 갖게 되면, 한 달도 안 돼서 자네 일이 전보다 두 배는 더 많아질걸?"

"그거야 모르는 일이지."

크로머가 말했다.

"지금껏 나는 더비네 자전거의 브레이크와 핸들을 손봐준 덕분에 두 달에 한 번 꼬박꼬박 5실링씩 벌었어. 그 집에는 애들이 열 명인데 다 찌그러진 자전거 두 대밖에 없으니까. 나는 그렇게 정기적으로 수입이 생기는 게 더 좋단 말야."

"조금만 기다리면 이제 그 애들 열 명이 각자 한 대씩, 모두 열 대의 자전거를 갖게 될 걸세."

벤트너가 말했다.

"그렇게 되면 수리를 맡길 일이 더 많이 생기지 않겠나? 자네도 알겠지만 더비네 애들이 좀 극성인가. 그 애들한테 망치 하나씩 쥐어주면 아마 반년도 못 가서 온 유럽을 작살낼걸."

켄트너와 헤어져 다시 가게로 돌아온 크로머는 전조등이며, 자전거용 배낭이며, 핸들 제품을 소개하는 빛바랜 카탈로그를 꺼냈다. 그리고 자리에 앉아서 앞으로 그랜드 펜윅의 자전거 산업이 어떻게 전개될 것인가 곰곰이 생각해보았다. 잠시 후 지저분한 손을 등유로 씻은 뒤 작업복 바지에 대충 문질러 닦고는 펜윅 저축은행에 가서 은행장 밥 데이비스를 만났다. 밥이 운영하는 은행은 테티 아주머니라고 불리는 여주인의 구멍가게와 한 점포를 쓰고 있었다.

"어쩐 일인가, 시드?"

은행장이 물었다.

"아, 예금을 모두 찾으려고."

크로머가 대답했다.

"왜, 무슨 일이 있나?"

은행장의 얼굴이 새파래졌다. 크로머는 펜윅 은행에서 가장 큰 예금주 가운데 한 사람이기 때문이다.

"뭐, 나야 돈 굴리는 것에 대해서는 잘 모르지만……. 사람들이 너도나도 새 자전거를 산다고 난리잖나. 돈을 그냥 묵혀두느니 이번 기회에 자전거 부속품을 더 사다놓는 게 낫지 않나 싶어서……."

"그건 그렇지. 그래도 웬만하면 지금껏 모은 돈에는 손대지 말게. 돈이 필요하면 은행에서 빌려줄 테니까."

"아니, 돈이 있는데 뭐 하러 남의 돈을 빌리라는 거야?"

크로머가 말했다.

데이비스는 전부터 많이 받아왔던 이 질문에 어떻게 대답해야 할지 몰라 잠시 머뭇거렸다. 은행에서 돈을 빌리는 것도 어느 정도 돈을 모은 사람에게나 가능한 일이라는 사실을―즉, 자본 때문에 신용이 생긴 것이며, 돈을 빌린다고 해서 자본이 축나는 일은 없다는 사실을―이해하는 사람은 그랜드 펜윅에서 극소수에 불과했다. 하긴 미국의 대기업도 이 이치를 이해하지 못하는 건 마찬가지지만.

"자네가 자전거 부품을 사느라 그 돈을 모조리 써버리면, 결국 돈을 특정 자산에 동결시키는 셈이야. 나중에 그 부품을 팔아서 이익을 볼 수는 있겠지. 하지만 혹시라도 손해를 본다면 자네가 가진 현금을 훨씬 싼값에 넘겨주는 꼴이 되지 않겠나? 잘 생각해보게. 자전거가 고장이 났는데 자네에게 수리를 맡기는 대신 외국에 부품을 주문한다면 어떻게 되겠나? 그 방법이 물론 시간은 오래 걸리지. 하지만 사람들은 그게 더 싸게 먹힌다고 생각할 걸세. 그렇게 되면 팔리지도 않는 그 많은 부품들을 다 끌어안고서 어떻게 할 텐가? 한 가지 부품만 잔뜩 주문해놨는데, 사람들이 다른 부품만 찾으면 그건 또 어떻게 하고? 어찌 되든 환금성이 떨어지는 자산을 마련하기 위해 현금을 사용하는 것은 위험이 크다네.

물론 돈을 빌려서 부품을 주문하더라도 비슷한 일이 벌어질 수 있지. 자전거 부품 수요가 그렇게 갑작스레 늘어나진 않을 테니까. 하여튼 자네는 돈을 빌렸으니 원금에 약간의 이자를 은행에 빚지게 되는 거야. 하지만 빌린 돈은 얼마든지 천천히 갚을 수 있다네. 그사이에 자전거 부품을 어떻게든 처분할 여유가 있고. 여기서 한 가지 분명히 말해둘 것은, 이자 때문에 자네의 수익이 줄어들 수 있다는 거야. 그러니 되도록 부품에 은행 이자만큼을 덧붙여서 팔아야 하네. 말하자면 자네의 이자 부담을 고객에게 넘기는 거지. '시간은 곧 돈이다'라는 말을 기억하게. 환금 가치가 있는 물건도 때로는 그 가치가 완전히 사라지거나, 원래 가치보다 훨씬 낮게 팔리기 일쑤니까. 물건을 제값 받고 팔 만한 시간적인 여유가 없으면 그렇게 되지. 그런데 은행에서 돈을 빌리면 천천히 갚을 수 있으니, 시간과 현금 두 가지를 동시에 얻는 게 아니겠나.

마지막으로, 자네가 자전거 부품을 사기 위해 돈을 써버리는 대신 우리한테 빌린다면, 자네가 가진 자본은 여전히 남는다는 걸 기억하게. 물론 나는 자네가 우리 은행에 맡긴 돈보다 훨씬 많은 금액을 빌려줄 용의가 있다네."

크로머는 손가락으로 코 양쪽을 쓱쓱 문지르며 잠시 생각에 잠겼다. 등유로 씻어내긴 했지만 기름에 찌든 손은 여전히 지저분했다.

"내가 가진 예금보다도 더 많이 빌려주겠다고?"

크로머는 어딘가 꿍꿍이가 있는 듯한 말투로 말했다.

"그렇다니까."

데이비스가 대답했다.

"그건 나 말고 다른 사람들에게도 마찬가지겠군? 특별히 나한테만 그런 제안을 하는 건 아닐 테니까."

"그야 당연하지."

"도대체 어떻게 내가 맡긴 돈보다 더 많이 빌려줄 수 있단 말인가? 그러자면 은행에 있는 돈을 다 긁어모아도 부족할 텐데. 안 그런가?"

"꼭 그렇지는 않아."

데이비스가 말했다.

"정말 현금을 주고받는 것은 아니니까. 가령 자네가 1,000파운드를 빌린다고 치세. 그 돈을 당장 모조리 현금으로 가져갈 건가? 어차피 돈을 안전하게 보관할 데도 없을 텐데? 하지만 우리가 자네의 거래 내역에 1,000파운드를 기입하면……."

"그러면 실제로 금고에서 돈을 꺼내서 내 돈과 같이 쌓아두는 건 아니란 말인가?"

"전혀 아니지."

데이비스가 그야 당연하지 않냐고 미소를 지으며 말했다.

"나는 그저 자네 계좌에 자네가 1,000파운드의 신용대출을 받았다고만 기입할 걸세. 그러면 자네는 필요할 때 얼마든지 그 돈을 갖다 쓸 수 있어. 물론 전혀 안 써도 그만이고. 다른 사람들도 똑같이 한다네. 빌린 금액만큼 계좌에 예금액을 갖게 되는 거지. 거기 적힌 액수가 은행에서 빌릴 수 있는 금액의 최대한도를 보여주는 거라네. 그렇게 해도 은행에 저금해놓은 돈은 매일 현금으로 입출금되는 액수를 제외하면 하나도 축나지 않는 거야. 은행은 대출금의 이자수익과 고객이 맡긴 돈을 투자해서 얻은 수익만으로도 충분히 유지되고 말야."

"잠깐."

크로머가 데이비스의 말을 끊었다.

"내가 영국의 루카스 상사에게 자전거 전조등 하나를 주문하고 20파운드짜리 수표를 써준다고 쳐. 그러면 나는 전조등을 갖게 되고, 그 회사에서는 내 수표를 갖게 되고, 수표가 자네에게 돌아오면, 자네는 내 계정에서 20파운드를 덜어내고, 그 돈을 영국의 루카스 상사나 그 회사의 거래 은행으로 보낸다는 거군. 안 그런가?"

"그거하곤 또 약간 다르다네."

은행장이 말했다.

"실제로는 자네 계좌에서 20파운드가 줄어들고, 영국의 은행에 있는 루카스 상사의 계좌에 20파운드가 늘어날 뿐이지.

그러니까 현금이 오가는 것은 아닐세."

"결국 은행에서는 장부에 숫자를 적을 뿐이라는 소린가?"

크로머가 물었다. 데이비스가 고개를 끄덕였다. 시드 크로머는 새로이 맞닥뜨린 놀라운 경제현상에 대해 숙고하느라 한참 동안 침묵에 빠졌다.

"좋아. 나한테 얼마쯤 빌려줄 수 있나?"

"필요한 만큼 말하게. 단, 이자는 6퍼센트일세."

"나쁘지 않군. 그러면 2,000파운드를 빌려주게나. 그리고 500파운드는 현금으로 주게."

곧이어 계약서가 작성되고 서명이 끝나자, 크로머는 500파운드짜리 수표를 받아 쥐었다. 그는 은행장에게 고맙다는 인사를 남기고, '구부러진 막대기' 주점에 가서 와인을 한 잔 마셨다.

그러고 나서 가게로 돌아가 자전거와 부품 사진이 실린, 빛이 바래고 기름때에 찌든 간판이며 포스터 등을 모조리 뜯어냈다. 그리고 멀쩡한 판자를 하나 찾아내 페인트로 그 위에 새로운 가게 이름을 써서 입구에 걸었다. 그 간판에는 이렇게 적혀 있었다.

펜윅 국민은행 겸 자전거포
대출 상담 환영

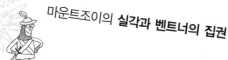

마운트조이의 **실각과 벤트너의 집권**

마운트조이 백작은 심기가 매우 불편했다. '껌 자금'이라는 별칭으로 불리게 된 그 돈을 처리하기 위해 만들어 올린 수정 예산안이 의회에서 부결되었기 때문이다. 그랜드 펜윅 의회가 예산안을 거부한 것은 무려 20년 만에 처음 있는 사건이었다. 백작이 보기에 자신이 만든 예산안은 어느 모로 보나 타당했다. 그런데도 예산안이 부결된 것은 이번 기회를 틈타 정권교체를 노리는 벤트너의 부추김 때문이라고 생각했다.

백작이 제시한 예산안의 주된 내용은 현행 12퍼센트였던 세율을 5퍼센트로 낮추고, 부족액은 '껌 자금'에서 충당한다는 것이었다. 이에 덧붙여 '껌 자금' 가운데 10만 달러는 코킨츠 박사가 원하든 원치 않든 무조건 새 실험실을 마련하는 데 사용하고, 40만 달러는 미국인 기술자들을 불러 펜윅 성에 에어컨

설비를 갖추는 데 쓰고, 가구당 75달러(25파운드)씩 크리스마스 보너스를 지급하고, 그러고도 남는 돈은 뉴욕의 컬럼비아 대학에 '그랜드 펜윅 학과' 설립 지원금으로 기부하자는 것이었다.

물론 마운트조이 백작은 자유의회에 출석하기 전부터 자신의 수정예산안에 특별히 돋보이는 점이 없으며, 그래서 의회에서 통과할 가능성도 희박하다는 것을 알고 있었다. 백작은 다만 자포자기한 심정으로, 일찍이 존 케인스, 아담 스미스를 비롯한 위대한 경제이론가들도 이런 문제에 직면한 바 있다는 사실을 위안 삼아, 나름대로 최선을 다해 예산안을 짠 것이었다.

백작은 문득 그런 생각을 했다. 영국이나 미국 같은 나라의 국고에 무려 5, 6년치 예산안과 맞먹는 막대한 금액이 갑작스레 들어온다면, 그 돈을 어떻게 처리할까? 예산의 600퍼센트에 달하는 잉여자금이 생겼으니 세금을 완전히 없애고 국민들에게 돈을 나눠주라는 여론을 어느 정부가 감히 묵살할 수 있을까?

그럴 만한 배짱을 가진 정부는 없을 것이다. 따라서 마운트조이 백작은 자신이 질 것이라는 걸 잘 알았다. 동시에 자신이 작성한 예산안이 필요하다는 것도 알고 있었다. 잉여자금이 국가 경제에 악영향을 끼치지 않도록 소모해버리는 일이, 국가의 장래를 위해서 꼭 필요하므로.

벤트너는 이런 사정을 잘 몰랐고, 백작에게서 들은 얘기마저도 어느새 깡그리 잊어버렸다. 그처럼 노동자 임금을 올리라고 끊임없이 투쟁해온 사람은 이런 횡재를 그냥 지나칠 수 없었다. 마운트조이의 말마따나, 육체노동을 하는 사람이 돈을 보는 관점과 사업하는 사람이 돈을 보는 관점은 결코 같을 수 없다. 한쪽은 늘 더 많은 돈을 원하고, 다른 한쪽은 돈의 가치를 유지하기 위해서라면 때로 적은 이익에 만족하기 때문이다.

마운트조이가 제시한 유일한 당근—가구당 25파운드씩 크리스마스 보너스를 지급한다는—도 그가 이끌던 내각의 붕괴를 막지는 못했다. 마운트조이의 예산안이 심의에 제출되는 순간, 그때까지 잔뜩 긴장하고 흥분하고 극도로 예민한 상태에 있던 의회에서는 역사상 한 번도 없었던 고함과 야유가 한꺼번에 터져나왔다. 의회에 모인 대의원들은 예산안 심의가 있기 며칠 전부터 곧 부자가 되리라는 기대에 사로잡혀 있었기 때문에, 마운트조이가 제출한 예산안을 일종의 모욕처럼 느낀 것이다.

심의 결과, 예산안의 승인 여부를 묻는 표결에서 무려 33대 7로 반대가 압도적이었다. 심지어 마운트조이가 이끄는 당의 의원들조차 반대표를 던졌다. 결과가 발표된 직후, 마운트조이는 기진맥진해서 아무 말 없이 의회를 둘러보았다. 골든 펜윅 참나무로 만들어진 구조물 중에는 지난 16세기에 개원했을 때부터 지금까지 남아 있는 것도 있었다. 대의원들의 머리 위쪽 벽에서부터 늘어뜨린 커다란 휘장은 공국의 군대가 전투 때 사용하는 군기로, 맨 위에는 공국의 상징인 쌍두雙頭 독수리가 한쪽 머리에선 "그렇지", 다른 쪽 머리에서는 "아니지"라고 말하는 문장紋章이 새겨져 있었다.

휘장 옆으로는 마운트조이 가문의 상징인 햇살 문장이 새겨진 깃발과, 크로머 가문의 상징인 하늘색 바탕에 붉은색 창 문장이 새겨진 깃발, 그랜드 펜윅에서 유일하게 아일랜드계인 밸리캐슬의 더모트 가문의 피투성이 마차 문장이 새겨진 깃발이 나란히 걸려 있었다. 그 깃발들은 유서 깊은 전통과 용맹의 상징인 동시에, 명예와 애국심의 표시이기도 했다.

방금 자유의회에서 이루어진 표결 결과는 공국 자체나, 혹은 공국의 이익에 대한 것이 아니라, 백작에 대한 반대나 마찬가지였다. 이런 생각에 마운트조이의 마음은 한층 무거워졌다.

예산안이 부결되긴 했지만, 마운트조이는 자리로 돌아가지 않고 여전히 연단에 서 있었다.

"이로써 본 예산안의 심의는 부결되었음을 알려드리는 바입니다."

표결 결과가 나오자 그가 말했다.

"그리고 이곳에 계신 의원 여러분께, 제가 수상직에서 사임할 것임을 알려드립니다. 지체 없이 대공녀 전하를 뵙고 의사를 말씀드려, 곧이어 총선거를 실시할 수 있도록 하겠습니다. 하지만 지금 이 자리에서 다시 한 번 여기 계신 의원 여러분과 국민 여러분께 간곡히 말씀드리건대, 세상 어느 국가나 민족이라도 경제를 제대로 유지하기 위해 화폐나 실물 가치보다 우선시해야 할 가치가 있는 법입니다. 그것은 다름 아닌 공공의 안녕安寧입니다. 그러나 방금 이루어진 표결에서는 이 중요한 가치가 헌신짝처럼 내버려졌습니다. 저는 향후 총선거에서도 문제의 자금이 건전한 토대 위에 있는 우리 경제에 유입되어 통화와 노동 가치를 떨어뜨리는 사태를 막기 위해 계속 투쟁할 것입니다. 저는 여러분께 감히 묻고 싶습니다. 한 해 동안 고생해야 간신히 벌어들일 1,000실링이란 돈을 열두 달 내내 펑펑놀면서도 벌 수 있다면, 도대체 누가 일을 하려 들겠습니까?

사회는 오로지 구성원의 노력과 노동에 의해서만 존재할 수있으며, 아울러 그 어떤 구성원도 사회에 주는 것 없이 받기만한 적은 없다는 사실을 여러분의 가슴에 깊이 새겨두셨으면 합니다. 우리보다 훨씬 역사가 짧은 어느 나라의 대통령이 임기를 시작하면서 했다는 말이 문득 떠오르는군요. '국가가 여러분에게 무엇을 해줄 것인지를 묻지 말고, 여러분이 국가에 무엇을 해줄 수 있을지를 물어보라.' 이 말은 시대와 장소를 막론하고 모두에게 지침이 될 것이며, 특히 지금의 그랜드 펜윅에는 더욱 그러합니다."

그는 잠시 말을 멈추고 경멸의 미소를 띤 채, 자기 당 소속이면서도 반대표를 던진 사람들을 하나하나 뜯어보았다.

"지금 반대편 의석에 앉아 계신 분들을 보니, 문득 브라우닝이 워즈워스를 비난하며 지은 시가 생각나는군요. 그중 한 대목을 약간 바꿔서 인용해보겠습니다."

은銀 한 줌을 얻기 위해, 당
신은 우릴 떠났지,
　　외투 속에 달러 한 장을 얻
어 넣기 위해.††

† 밸리캐슬은 아일랜드의 지명이기도 하다.

†† 브라우닝(1812-1889, 영국 시인)의 시 〈잃어버린 지도자〉(1845)의 처음 두 행이다. 원문은 다음과 같다. '은덩이 하나를 얻기 위해, 당신은 우릴 떠났지 / 외투에 꽂을 리본 하나를 얻기 위해.'
워즈워스(1770-1850, 영국 시인)는 젊은 시절에 급진적인 정치적 견해를 표명했지만 이후에는 보수로 전향하고 1843년에 계관시인이 되었다. 브라우닝은 이를 변절이라고 보고 시를 통해 워즈워스를 비난했다.

모두가 침묵하고 있는 가운데, 그는 앞에 놓인 주홍색 가죽 서류철을 덮어 하원 의장에게 건네주었다. 이 행동은 정부 수반직을 사임하겠다는 의지를 나타낸 것이었다. 그러나 표결에서 찬성표를 던진 여섯 명의 의원은 여전히 그에게 충성을 표시했다.

결국 총선거가 불가피해졌다. 그런데 하필이면 그랜드 펜윅으로선 가장 바쁜 시기, 즉 포도 수확철에 선거를 치러야만 했다. 선거가 있기 전에 마운트조이 백작은 대공녀에게 자신의 사임을 공식적으로 알렸다. 대공녀는 그 사실을 순순히 받아들이면서 백작을 부드럽게 바라보았다.

"보보 아저씨, 지금 우리나라의 상황이 그렇게 심각한가요?"

그녀가 물었다.

"그 돈을 쓰면 정말 그랜드 펜윅 경제에 큰 위기가 올까요?"

"그렇습니다, 전하. 분명 우리 경제에 즉각적으로 부정적인 효과가 나타날 것입니다. 하지만 그건 아무것도 아니죠. 이렇게 매년 수백만 달러가 우리 국고에 유입됨으로써 장차 그랜드 펜윅 국민들이 전혀 일하지 않을, 더 치명적인 결과에 비하자면 말입니다."

"매년 수백만 달러가 더 들어올 거라고요?"

"그렇습니다, 전하."

백작이 대답했다.

"매년 수백만 달러입니다. 이번에 받은 돈은 시작에 불과합니다. 앞으로 매년 껌 판매로 인한 수익금을 더 많이 받게 될 겁니다. 그렇게 공짜로 얻은 돈을 국민들이 마음껏 쓰고 나면, 다음에는 결코 그 돈을 외면하거나 싫어하지 않을 겁니다. 결국 이 세상 어떤 나라도 가져본 적이 없는 우리 그랜드 펜윅의 강인하고, 자급자족하는, 자주적인 전통이 작별을 고하게 되는 셈입니다. 그렇게 되면 벤트너가 원하는 대로 아무도 열심히 일하려 들지 않는, 게으름뱅이들만 득실거리는 나라가 되겠지요. 노동자들의 '꿈'이 이루어지는 게 아니겠습니까. 일하지 않으면서 돈을 받고, 무지에 휘둘리는 것 말입니다."

그는 잠시 말을 멈추었다가 준엄하게 덧붙였다.

"이런 상황이라면 우리나라에서 비틀스 같은 재능을 지닌 가수가 나온들 뭐하겠습니까? 기타나 노래 연습도 하기 싫다면서 투덜거리기나 할 텐데요."

이러한 생각은 백작에게 너무 고통스러웠기 때문에, 그는 이 말을 마치자마자 치욕감에 사로잡힌 듯 두 눈을 질끈 감았다.

"에이, 설마요."

이렇게 대답하긴 했지만, 대공녀는 내심 그랜드 펜윅에 불어닥친 '아메리카니즘'으로 인해 상당한 양심의 가책을 받았다.

하지만 그 직후에 대공녀와 면담한 벤트너는 이보다 훨씬 낙관적인 전망을 역설했다. 노동당 대표인 벤트너는 그 어떤 존칭도 인정하지 않았기 때문, 마운트조이 백작처럼 깍듯이 대공녀를 '글로리아나 전하'라고 부르지 않았다. 대신 '글로리아나 여사'라고 불렀는데, 글로리아나 본인은 오히려 그 편이 친

근감 있다며 좋아했다. 물론 그녀는 벤트너 특유의 요란하고 고집스러운 태도 못지않게, 마운트조이 백작의 품위 있고 세련된 태도를 좋아했지만 말이다.

"너무 걱정하지는 마십시오, 여사."

벤트너는 대공녀가 말하는 백작의 우려를 단숨에 일축하며 말했다.

"상류계급은 언제나 하층계급이 돈을 쥐는 걸 극도로 두려워했으니까요. 돈은 다이너마이트와도 같습니다. 그렇기 때문에 하층계급으로 하여금 더더욱 돈을 갖지 못하게 한 거죠."

"만약 선거에서 승리하시면 말이에요, 벤트너 씨. 그러면 그 돈을 어떻게 사용하시겠어요?"

"우선 코킨츠 박사에게 필요한 만큼 지원하겠습니다. 그리고 나머지는 유권자에게 배분하겠습니다."

"그렇게 되면 모두들 거의 1년치 수입에 맞먹는 돈을 공짜로 얻게 되는 셈이군요."

대공녀가 말했다.

"그런데 그게 현명한 조치일까요? 사람들이 그렇게 공짜로 돈을 얻어도 전처럼 계속 일하려고 할까요?"

"물론입니다."

벤트너가 장담했다.

"노동자들은 모두 일하는 데 익숙하니까요. 사실 게으른 쪽이야 부자들 아니겠습니까. 노동자들은 당연히 계속 일할 겁니다, 여사. 그 문제라면 걱정 붙들어 매셔도 됩니다. 노동자들은 그저 전보다 나은 집에 살고, 전보다 나은 옷을 입게 될 겁니다. 다들 그런 데 돈을 쓰려 할 테니까요. 전 같으면 20년 내내 돈을 모아야 간신히 하나 살 수 있던 것을, 이번 기회에 누구나 갖게 되는 거죠."

"그러면 내년에는 어떻게 될까요? 그리고 내후년에는요?"

"그건 그때 가봐야 알 수 있겠지요, 여사."

벤트너가 말했다.

"솔직히 내년에 미국에서 돈이 얼마만큼 들어올지는 아무도 장담 못 하지요. 미국인이 전부 다시 담배를 피우게 될지도 모르고 말입니다."

문득 벤트너의 머릿속에 좋은 생각이 하나 떠올랐다.

"총선거가 끝나고 내각이 새로 구성되면, 그 즉시 미국 보건부 장관에게 편지를 보내 니코틴의 해악에 대해 내린 과단성 있는 조치를 적극 치하하도록 하겠습니다."

"벤트너 씨도 담배를 피우시지 않던가요?"

글로리아나가 점잖게 물었다.

"아, 저는 파이프 담배만 피웁니다, 여사."

벤트너가 역시 점잔을 빼며 대답했다.

"파이프 담배는 아무 해가 없거든요."

마운트조이는 다시 한 번 자기 당이 정권을 장악할 수 있도록 선거에 전력을 집중했다. 하지만 애석하게도 선거에서 이길 가능성은 희박했다. 사람들은 인플레이션에 대한 그의 경고에 귀를 기울이긴 했지만, 그 경고가 자기에게 적용될 수 있다는 사실까지는 미처 생각지 못했다. 영국, 프랑스, 독일, 이탈리아, 미국 같은 나라에서는 그 '인플레이션'인지 뭔지 하는 골치 아픈 경제 문제가 발생할 수 있을지 몰라도 그랜드 펜윅에서는 아니라는 생각이다. 그랜드 펜윅 국민처럼 확고한 양식을 지니고, 절제력이 강한 사람들에겐 결코 그런 재난이 생길 리 없다고 굳게 믿었다.

선거 결과, 보너스 지급과 비과세를 공약으로 내세운 벤트너의 당이 표를 싹쓸이했다. 이에 반해 마운트조이의 당은 단지 세 의석을 확보하는 데 그쳤다. 그나마도 백작이 당의 궤멸을 막기 위해 정치에는 일절 관여하지 않았던 코킨츠 박사를 억지로 끌어내서 지원 연설을 시킨 덕분이었다.

결국 벤트너가 공국의 새로운 수상이 되었다. 새로운 예산안이 의회에서 통과되자, 마운트조이 백작은 공국의 경제에 다가올 파국을 착잡한 마음으로 기다릴 수밖에 없었다. 그러나 당장 백작이 걱정한 악영향이 드러나진 않았다.

국민에게 분배된 돈은 대부분 즉시 외국으로 유출되었다. 앞서 말한 대로 자전거며, 세탁기, 식기세척기, TV—비록 그랜드 펜윅을 둘러싼 높은 산 때문에 외국에서 날아오는 TV 전파를 수신하기가 쉽진 않았지만—처럼 그랜드 펜윅에서는 생산되지 않는 물건을 구입하는 데 사람들이 돈을 써버린 것이다. 분배 받은 돈은 삽시간에 주머니에서 빠져나갔다. 덕분에 잠시 동안이긴 했지만, 그랜드 펜윅 사람들의 생활은 전보다 쾌적하고 윤택해졌다. 주부들은 삼삼오오 모여서 어떤 세탁기가 좋네 나쁘네 하며 입방아를 찧었다. 그런 가운데 정부는 즉각적인 전기 가설을 촉구하는 여론에 중압감을 느끼기 시작했다. 아직 공국 내에는 전기가 가설되지 않았기 때문에, 세탁기나 식기세척기 같은 가전제품을 구입한 사람들은 실제로 써보지도 못하고 있었다. 단, 건전지로 작동하는 TV만 빼고.

불행히도 벤트너는 공짜 달러가 넘쳐나면 전기 수요가 폭발적으로 늘어나리라는 것을 미처 생각지 못했다. 세금을 걷지 않은 데다가 '껌 자금'은 하나도 남기지 않고 모조리 써버린 터라 국고는 텅텅 비어 있었다. 하지만 전기 가설에 대한 압력이 이만저만 거센 게 아니었기 때문에—물론 공국 주부들로선 세탁기를 갖고 있는 것만으로도 뿌듯하긴 했지만, 그래도 이 물건이 실제로 작동하는 모습을 보면 더욱 가슴이 벅찰 것이 분명했다—정부는 발전소 건립 기금을 펜윅 저축은행에서 대출받는 법안을 서둘러 작성해 자유의회에 상정했다. 이 대출금은 나중에 세금을 걷어서 갚을 수밖에 없었다. 그리하여 발전소 건립 관련 법안의 한구석에는 향후 3퍼센트의 세금을 부과하여 이 자금을 충당한다는 조항이 슬쩍 들어갔다.

그로부터 몇 주 뒤에 벌어진 일련의 사건들은 먼젓번보다 훨씬 더 지속적으로 공국 전체에 영향을 미치게 된다. 이 사건들은 하나같이 충격적이었다. 첫 번째는 발전소 건립 자금을 갚기 위한 과세율이 전보다 더 높아졌다는 사실이다. 두 번째는 국민 모두의 개인 부채가 급격히 늘어난 것이었다. 비록 모두 보너스를 받긴 했지만, 그것만으로는 자신들의 씀씀이를 감당

할 수가 없었다. 그리하여 가장들은 식구들의 성화에 못 이겨 돈을 빌리러 펜윅 저축은행을 찾아갔다. 은행장 데이비스는 그들에게 우선 계좌를 개설하고 담보물을 설정해야 신청한 것보다 조금 많은 금액을 대출해줄 수 있다고 말했다.

시드 크로머 역시 자신의 자전거포에 은행을 세웠기 때문에 사람들에게 돈을 빌려줄 수 있었다. 하지만 그 돈도 데이비스에게 빌린 자금이라서, 그는 상당히 높은 이자를 매겨야 했다. 따라서 그가 상대하는 손님은 신용불량으로 인해 데이비스에게 대출을 거절당한 사람들이 대부분이었다.

개인 부채가 늘어남과 동시에, 물가도 오르기 시작했다. 지주들 역시 은행에서 돈을 빌려 썼기 때문에 그 이자만큼 소작료와 집세를 올렸다. 농부들은 소작료가 올라간 만큼 우유와 야채 값을 올렸다. 그러자 노동자들은 식료품비와 집세가 올라간 만큼 월급을 올려달라고 주장했다.

그리하여 이른바 '껌 자금'의 분배 문제로 마운트조이 정권이 무너진 지 6개월 만에, 그랜드 펜윅에는 조만간 농업인들이 전국적인 파업을 할 것이라는 소문이 무성했다. 전기 공급을 위해 소규모 수력발전소가 세워지긴 했지만, 사람들은 발전소를 세우는 데 들어간 돈을 갚아야 함은 물론이고, 발전소에서 생산된 전기를 쓰는 데에도 돈을 내야 한다는 새로운 사실을 깨닫게 되었다. 그들이 평소에 받던 고지서에는 이제 전기요금 고지서가 하나 추가되었다. 그리고 세탁기와 식기세척기를 돌리는 데 온수를 사용하려면 별도로 온수기를 설치해야 했기 때문에 돈이 또 들었다. 그런데 급수장치라곤 부엌에 있는 펌프 뿐이어서 자동펌프를 설치하는 데도 돈이 들었다. 결국 공국 내에서는 단 두 사람, 그러니까 은행장 밥 데이비스와 자전거 포 주인 시드 크로머만이 부유해졌다.

하지만 시드는 은행 업무가 자기하곤 맞지 않는다는 사실을 실감하고 있었다. 그는 막대한 대출금 때문에 빚더미가 쌓이는 것이 부담스러웠다. 물론 그의 자전거 수리 사업은 번창일로에 있었다. 지금은 세탁기와 식기세척기 수리라는 새로운 영역으로 사업을 확장하기까지 했다. 그는 비록 빚이 많긴 했지만, 지금껏 한 번도 벌어보지 못한 막대한 수입을 올렸다. 그러나 이상하게도 전처럼 바쁘기만 했다.

시간이 지나 '껌 자금'이 유입된 지 채 1년이 못 되어 그랜드 펜윅 사람들은 전에 비해 질적으로는 훨씬 향상된 삶을 누리게 되었다. 집집마다 온수와 냉수가 나왔고, 전깃불과 TV, 세탁기, 그리고 새로 산 자전거가 있었다. (사람들은 TV 방송 중에서도 자기들이 한 번도 본 적이 없는 신기한 물건들을 보여주는 광고를 무척 좋아했다. 반면 일반 프로그램은 재미없어 했다. 그랜드 펜윅 사람들은 느긋하게 담배를 피워 물고서 담배의 유해성에 대해 열심히 경고해준 사람들을 위해 건배를 외쳤다.)

허나 동시에 공국 역사상 최초로 모두가 돈 문제로 골치를 앓았다. 유일하게 이 문제에서 자유로운 사람은 '껌 자금'으로 오색 구슬이 들어 있는 주머니를 세 개 산 코킨츠 박사뿐이었다. 그는 신이 나서 자신이 생각한 분자 모형을 만들고, 커다란 움폴 파이프로 담배를 피우고, 새들과 이야기를 나누고, 간혹 요청을 받으면 고장난 TV를 수리해주기도 했다. 그러나 공국 내의 돈 문제에 대해서는 굳게 입을 다물었다.

마운트조이 백작은 마치 아킬레우스†처럼 자기 막사에 틀어박혀 있었다. 공국의 문제가 심각해질수록 그의 입가에는 웃음이 감돌았다.

돈에 물타기나 **와인에 물 타기나**

한여름이 되자 그랜드 펜윅의 모든 시민들에게 추정소득세 고지서가 발부되었다. 그나마 연휴 중에 발부한 것은, 가능한 한 충격을 덜 받으라는 의미였다. (이것 하나만큼은 그랜드 펜윅도 다른 나라와 다를 바 없었다.) '껌 자금'이 유입되기 전까지만 해도 그랜드 펜윅에서 세금을 미리 내는 사람은 자영업자뿐이었다. 하지만 '껌 자금'을 받은 이상, 아무도 세금 고지서를 피할 수 없었다. 국민들은 먼저 달라고 한 적도 없는 보너스를 받고 세금까지 내야 한다는 사실에 분통을 터뜨렸다.

세금을 생각해서 돈을 남겨 둔 사람은 한 명도 없었다. 공국은 곧 국민들의 분노로 들썩였다. 사람들은 일찍이 소득세를 완전히 없애겠다

---

† 트로이 전쟁에 뛰어든 아킬레우스는 상관인 아가멤논과 다툰 후에 전투에는 나가지 않고 막사에 틀어박혀 있었다. 이후 친구인 파트로클로스가 전사하자 분노하여 전장에 나가 헥토르와 일대일 승부를 펼쳤다.

던 벤트너의 선거공약을 기억하고 있었다. 벤트너의 당은 국민들에게 돌아간 돈 중에서 한 푼이라도 세금으로 거둬들인다면, 기꺼이 목을 내놓겠다고 호언장담까지 했다.

이에 대한 벤트너의 해명은 궁색하기만 했다. 그는 문제의 돈을 '증여'로 판단할지, 아니면 '소득'으로 판단할지는 발전소 건립 기금 마련에 대한 정부의 필요에 따라 달라진다고 주장했다. "그러면 정부는 아예 국민의 삶에도 과세를 해서 기금을 마련하지 그러나? 인간의 삶이 '선물'이 아니라 '소득'이라고 주장하면 될 테니 말이다." 그랜드 펜윅 사람들은 이렇게 반문하며 벤트너의 주장에 코웃음 쳤다. 사람들은 보너스로 받은 돈에 대해서는 일절 세금을 내지 않겠다고 했으며, 보너스는 앞으로도 영원히 비과세여야 한다고 자유의회의 의원들에게 압력을 행사했다.

벤트너는 이 문제를 합리적으로 해결해보려 애썼다. 그는 펜윅 성의 대회의실에 유권자이자 납세자인 시민들을 불러놓고 공청회를 열어, 예의 무뚝뚝한 태도로 다음과 같이 윽박질렀다.

"여러분이 좋건 싫건, 정부는 발전소 건립 때문에 대출한 돈을 갚아야 합니다. 그 돈이 땅을 파면 나오겠습니까? 여러분, 즉 납세자들이 지불하는 수밖에 없습니다. 그러니 기꺼이 고통을 분담하는 데 협조해주시길 바랍니다. 다만 다음에는 전보다 많은 보너스가 지급될 것이라는 사실에 만족해주셨으면 합니다."

그리고 조심스레 한마디 덧붙였다.

"제가 알아본 바로는 올해에는 작년의 두 배 정도가 들어올 거라더군요."

사실 벤트너는 이에 대해 전혀 아는 바가 없었으므로 함부로 말해서는 안 될 문제였다. 그러나 앞으로 뭔가 좋은 일이 생길 것이라며 유권자들을 안심시키고 싶은 충동을 억누를 수가 없었다.

마지막 발언에 사람들이 환호하자, 벤트너는 약간 두려워졌다. 마운트조이는 기가 막힐 뿐이었다.

순간의 기쁨은 금세 지나갔다. 이들 앞에는 여전히 다 써버린 돈에 대해 세금을 내야 하는 문제가 남아 있었다. 문득 잭 더비─공국 내의 모든 물품 파손 사고를 전담하다시피 하는 그 유명한 '더비네 애새끼들'의 아버지─가 입을 열었다. 그는 받은 돈을 한 푼도 남기지 않고 다 써버렸고, 남은 것이라곤 빚과 세금, 고장난 자전거 열 대와, TV 네 대─그나마 제대로 작동하는 것은 한 대뿐이었다─와 아이들이 망가뜨린 가재도구들 뿐이라고 말했다.

"먼젓번의 두 배나 되는 돈이 들어올 거라면, 이제 와서 세금을 매기는 대신 조금만 기다렸다가 그 돈으로 충당하는 게 낫지 않습니까?"

더비가 말했다.

"돈을 줬다가 뺐는 것은, 내 생각엔 이치에 맞지 않습니다."

그의 제안은 많은 사람들의 지지를 받았기 때문에, 벤트너도 긍정적으로 검토해보겠다고 대답할 수밖에 없었다. 벤트너는 정부가 이미 심각한 재정난에 시달리고 있다는 사실을 알고 있었다. 실제로 소득세 외에 다른 세금 수익도 급감한 상태였다. 사람들이 공짜로 얻은 돈을 쓰는 데 바빠서, 당연히 내야 할 세금고지서까지 내팽개쳐버렸기 때문이다. 반면 정부 지출은 오히려 늘어났다. 발전소를 짓고 나자 가동 및 수리를 위한 기술진이 상주해야 하는 등 많은 돈이 필요해졌기 때문이다. 그러다가 정부가 발전소 때문에 은행에서 빌린 돈의 첫 대출 이자를 내는 날이 다가왔다.

벤트너는 돈 문제만 생각하면 머리가 지끈거렸다. 천사라도 된 양 순진무구한 얼굴에 기쁜 기색이 역력한 마운트조이 백작의 얼굴을 보면 머리가 더더욱 아파왔다.

"그야말로 '보통 사람들의 시대'가 열렸구면."

벤트너가 종종 쓰던 구호를 인용해서 백작이 빈정거렸다.

"모두의 주머니에 돈이 있고, 모두의 식탁에 닭고기가 올라가 있고, 모두의 머리 위에 빚더미가 쌓여 있으니 말이오. 정부도 예외는 아니군. 이봐요, 벤트너 씨. 이젠 좀 알겠소? 돈 관리는 어디까지나 오랜 세월 그 분야에서 경험을 쌓은 사람에게 맡겨야 하는 거요."

"오랜 세월 동안 특권층에게 돈을 빼앗겨온 우리 같은 사람들이, 그렇게 큰돈을 처음부터 잘 관리한다면 그게 더 이상한 일 아니겠습니까?"

벤트너가 대꾸했다.

"다음에는 분명히 달라질 겁니다. 두고 보세요."

그런 와중에도 정부 지출은 점점 늘어나기만 했다. 이를 충당하려면 어떻게든 국고에 돈을 끌어들여야 했다. 아울러 발전소 건립 때문에 빌린 돈의 상환 기한을 연장하는 데 은행 측과 협의해야 했다. 벤트너는 은행을 찾아가, 향후 정부에 세금과 '껌 자금' 등으로 들어올 돈을 담보로 추가 대출을 받을 수 있는지 알아보았다.

은행장 데이비스는 고개를 저었다.

"지금도 대출한도를 넘은 상태라네. 정부 대출과 개인 대출을 합치면 그야말로 한계야. 더 이상은 정말 한 푼도 대출해줄 수 없네. 물론 프랑스나 영국 은행에서 돈을 빌릴 수는 있겠지. 전에도 몇 번 그런 적이 있으니까. 하지만 자네도 알다시피 이자가 높아서 말야."

"어느 정도나 되는데 그러나?"

벤트너가 물었다.

"한 8퍼센트 정도."

"그 정도면 나쁘지 않군. 몇 달 후면 '껌 자금'이 더 들어올 테니까."

"이번에도 그 돈을 납세자들에게 분배할 생각인가?"

데이비스가 물었다.

"그럼. 정부가 진 빚을 다 갚은 다음에 나눠줘야지."

"벤트너, 내가 보기에 우리는 지금 악성 인플레이션의 그 유명한 상승곡선에 막 접어든 것 같은데."

데이비스가 말했다.

"정부에서 실제로 가진 돈보다 훨씬 더 많은 금액을 우리한 테 빌린 거지. 정부는 국민들에게 돈을 나눠줌으로써 돈의 가 치를 떨어뜨렸고, 국민들은 소득수준을 잊어버리고 그 돈을 모 조리 써버렸어. 지금 장부를 보고 계산해보니, 우리 은행에서 나간 개인 대출금을 모두 갚으려면 모든 국민이 최소한 3년 이 상은 뼈 빠지게 일해야겠더구먼. 그것도 더 이상 대출을 받지 않는다는 전제하에 말이야.

나야 은행가니까 적절한 이자로 돈을 빌려주고 합법적인 선 에서 돈을 벌면 그만이야. 하지만 지금처럼 그랜드 펜윅에 잉 여자금이 들어와서 소비가 늘어나는 것은 경제적으로 전혀 건 전하지 않아. 소비가 늘어나긴 했지만 생산이 늘어나는 것은 아니니까. 소비로 인해 늘어난 것은 실상 아무것도 없어. 통화 가치만 떨어졌을 뿐이지. 내가 보기에 그랜드 펜윅은 머지않아 심각한 재정난을 맞을 것 같네. 이미 런던에 있는 본사에도 그 렇게 보고했어. 그야말로 일촉즉발의 상황이라고 말일세."

"하지만 '껌 자금'이 들어오면 모든 게 해결되지 않겠어? 지 금은 100만 달러 정도 빚을 지긴 했지만 앞으로 들어올 돈이 200만 달러라면 빚을 모두 갚을 거고, 그러면 경제도 건전해질 거고, 또 100만 달러가 남으니까 말야."

"단언하건대, 만약 추가로 100만 달러가 더 생겨서 납세자들 에게 분배된다면, 그때는 지금보다 네 배는 더 심각한 문제가 발생할 거야."

데이비스는 단호했다.

"미리 세금을 다 떼고 돈을 나눠줘도?"

벤트너가 물었다.

"세금을 뗀다고 해도 마찬가지지. 그 돈은 노동이나 생산과는 무관하니까. 어디까지나 증여이다 보니, 정당하게 벌어들인 돈의 가치마저도 떨어뜨릴걸. 벌써부터 농사꾼들이 임금을 올려달라고 파업을 준비하고 있다는 건 알고 있지? 나도 해마다 다음 해의 양모나 포도 수확물을 담보로 대출을 해주곤 했는데, 올해는 거절할 수밖에 없었어."

"그건 왜?"

벤트너가 물었다.

"이렇게 돈의 가치가 떨어졌는데, 노동자들이 같은 임금을 받고 예년처럼 양털을 깎고 포도를 딸까? 그걸 확신할 수가 없잖나. 혹시 임금이 오르더라도 양모와 포도 생산으로 생기는 마진은 당연히 줄겠지. 이렇게 손실위험이 커졌기 때문에 대출을 해줄 수가 없었어. 필요한 돈은 다른 데서 구해야겠지."

"외국은행 같은 데 말인가?"

"그렇지. 외국은행이야 훨씬 크고, 손실위험에 대해서도 비교적 준비가 된 편이니까. 나는 대출해주지 못하는 조건에도 그들이라면 기꺼이 해줄 거야. 물론 채무자가 제때 돈을 갚지 못하면, 하다못해 포도밭이라도 압류하겠지만."

"외국은행이 우리 그랜드 펜윅의 포도밭을 차지한다고?"

벤트너가 깜짝 놀라 말했다.

"그렇게 될 수도 있지. 그건 그렇고, 발전소 건립 기금으로 빌려간 돈은 언제……?"

은행장이 물었다.

하지만 벤트너의 귀에는 더 이상 아무 말도 들어오지 않았다. 이런 재정적 난국을 겪으면서도 나중엔 다 잘될 거라며 애써 넘기려던 벤트너였다. 하지만 '외국 자본'—이 말은 듣기만 해도 진저리가 났다—이 그랜드 펜윅의 소중한 포도밭을 차지할 수 있다는 말은 그 무엇보다 충격적이고 고통스럽기까지 했다. 그는 프랑스의 부르고뉴 지방에서 일어난 일을 익히 알고 있었다. 은행 대출금을 갚지 못해서 코트다쥐르의 가장 좋은 포도밭 가운데 일부가 외국 자본에 넘어간 것이다. 소문에 따르면 그곳에서는 와인을 더 많이, 더 빨리 만들려고 화학약품을 섞는다고 한다. 양을 늘리느라 1등급 포도에 3등급 포도를 섞는다는 끔찍한 얘기도 있었다. 그랜드 펜윅의 포도밭이 외국 자본의 손에 넘어간다면, 이 나라의 활기와 긍지가 땅에 떨어질 것이 분명했다.

벤트너는 멍해진 채로 은행을 나왔다. 그리고 산란해진 정신을 가다듬기 위해 와인을 한잔하려고 '구부러진 막대기' 주점에 잠시 들렀다. 이 집에서는 얼마 전까지만 해도 와인 한 잔에 6펜스였다. 하지만 술집 주인 에드 텔러는 이제 한 잔에 8펜스씩 받았다. 그나마 맛도 예전만 못해서, 그랜드 펜윅 와인 특유의 향이 전혀 느껴지지 않았다.

"통에 좀 오래 있던 것이라서 그래, 벤트너."

텔러는 떫은 표정으로 와인 잔을 바라보고 있는 수상에게 말했다. 그러면서 다 알지 않느냐는 듯 한쪽 눈을 찡긋해 보였다.

"혹시 와인에 물을 탄 것 아닌가?"

벤트너가 물었다.

"물 타기야 돈에도 하는 건데 뭘 그래."

텔러가 이렇게 대꾸하고는 말을 이었다.

"작년 같으면 단돈 1실링에 살 수 있던 물건을 지금은 1파운드를 넘게 줘도 구하기가 힘들다니까. 내년에 돈이 더 풀리면 어떻게 될지, 생각만 해도 몸서리가 쳐져."

텔러는 마른 행주를 꺼내 카운터 뒤에 놓인 유리잔을 닦기 시작했다.

"솔직히 그놈의 돈 이야기라면 이젠 듣기도 싫어."

텔러의 불평이 이어졌다.

"요즘엔 너도나도 전부 돈 이야기뿐이더군. 그놈의 돈 때문에 내가 무슨 생각까지 한 줄 알아? 돈이 내 인생의 재미를 다 빼앗아갔다 이거야. 솔직히 나야 저녁마다 여기서 손님들한테 이런저런 재미난 얘기를 듣는 낙으로 살았지. 양털 깎기니, 목각이니, 활쏘기니, 정원 일이니, 애들이 배 아플 때는 뭐가 좋다느니 하는 얘기들 말야. 사람들과 어울리는 일이 나한텐 행복이니까. 난 믿음이 강한 편은 아니지만, 그렇게 친절하고 좋은 사람들이 이야기하는 걸 듣고 있으면, 하느님도 우리랑 어울리면서 나 못지않게 즐거워하는 것 같았어.

그런데 지금은 어떻게 됐나? 사람들이 하는 말이라고는 돈, 돈, 돈뿐이야. 이번에는 얼마를 받았다는 둥, 다음에는 얼마를 받을 거라는 둥, 누가 뭘 얼마에 샀다는 둥, 누가 누구한테 얼마를 빚졌다는 둥, 이번에 세금이 얼마일 거라는 둥……. 자네도 이런 소리는 듣고 싶지 않겠지. 하지만 내가 보기엔 그놈의 돈이 사람들을 다 죽인 거나 다름없어. 사람들을 목석처럼 만들었다고. 돈 때문에 사람이란 일고의 가치도 없는 존재가 됐단 말이야.

벤트너, 제발 부탁이니 내 말 좀 듣게나. 다음번에 양키 놈들이 그 껌 값인지 뭔지를 주겠다고 하면, 그놈들에게 냅다 그러게. 그따위 돈을 우리 같은 '친구'들에게 줘서 괴롭힐 생각 말고, 차라리 당신네 '적'에게나 다 갖다주라고. 우리는 지금껏 잘 살아왔고 앞으로도 잘 살 수 있지 않나. 그런데 이게 뭔가? 이젠 전부 옛날이야기가 됐잖아. 아무리 많은 돈을 준다 해도 우리가 잃어버린 것을 찾을 수는 없어. 부탁이네. 달러가 아무리 많아도 그걸로 제대로 된 나라를 만들 순 없어. 사람들은 그걸 알아야 해. 그 누구보다도 우리가 먼저 알아야 될 거고."

벤트너는 그의 말에 감동을 받아 생각에 잠긴 채, 주점 한구석의 다트판으로 다가갔다. 그리고 다트 세 개를 가지고 섰다. 그가 던진 다트는 정확히 과녁에 명중했다. 그는 한 판 더 하려고 다트를 가지러 갔다.

"전에는 공짜였지만 이제 다트 하나 던지는 데 1페니씩이야."

여전히 유리잔을 닦느라 바쁜 술집 주인이 말했다.

벤트너는 이제 전부 넌더리가 난다는 듯, 집었던 다트를 털썩 내려놓고 주점 밖으로 비틀거리며 사라졌다.

1,000만 달러를 처리하라!

사람은 누구나 자기가 잘 아는 것을 예로 들어 얘기해줘야 쉽게 이해하는 법이다. 일찍이 마운트조이가 인플레이션과 공짜 돈의 위험성에 대해 연설을 늘어놓았을 때 벤트너는 그저 나 몰라라 했다. 그러나 다트 하나 던지는 데 1페니씩 내야 하고, 물을 섞은 와인이 8펜스라는 현실에 마주하자, 비로소 사태의 심각성을 깨달았다. 이 사소한 사건들로 인해 돈이 부와 행복의 원천이라는 그의 믿음도 심각한 타격을 입었다. 물론 전부터 은행장 데이비스와 나눈 대화 때문에 마음이 불편한 상태이긴 했지만 말이다.

며칠 동안 그는 이 문제를 연구하고 또 연구했다. 다음번 '껌 자금'이 들어오면 모든 재정 문제가 해결될 것 같기도 하고, 한편으로는 사태가 더 심각해질 것 같아 불안했다.

물론 마운트조이라면 '돈을 써서 없애버려야 한다'라고 쉽게 말할 것이다. 백작은 부유한 가문 출신이라 평생 돈이 아쉬웠던 적이 없었다. 그러나 벤트너는 달랐다.

벤트너는 어린 시절부터 가난이 무엇인지 뼈저리게 느끼며 자라왔다. 그는 동전 한 닢이 없는 고통을 잘 알고 있었다. 그래서 돈은 그 자체로 무척이나 중요한 것이었다. 파운드면 파운드, 달러면 달러, 실링이면 실링, 그 어떤 것이든 많으면 많을수록 좋다고 생각했다. 그는 이제껏 그렇게 믿고 살아왔다. 하지만 이 고통스러운 현실 속에서 서서히, 그리고 마지못해, 돈이 지나치게 많으면 오히려 좋지 않다는 사실을 깨닫게 되었다. 조금씩, 아주 조금씩, 돈이라는 것이 그 자체만으로는 아무런 가치가 없는, 무척이나 야릇한 일용품임을 알게 된 것이다. 1실링으로 우유 2갤런을 살 수 있는지, 성냥 한 갑을 살 수 있는지를 결정하는 것은 돈이 가진 가치, 그러니까 공신력에 근거해 결정되는 것이었다.

현재의 상황이나 마운트조이의 조언은 모두 '껌 자금'이 더 이상 공국 내로 유입되는 것을 막아야 한다고 충고하고 있었다. 그러나 벤트너 혼자 힘으로는 선뜻 결단을 내릴 수 없었다. 굶주려본 사람이 감히 빵 한 덩어리를 선뜻 던져버릴 수 없는 것과 마찬가지였다. 하지만 마운트조이뿐 아니라 다른 사람들 역시, 그 돈이 없어도 공국은 잘 돌아가리라—물론 다분히 감정적이었지만—믿고 있음을 인정해야 했다.

물가가 오르고 빚이 늘면서부터 한때 공국을 휩쓸었던 미국에 대한 열광마저 사그라졌다. 물론 합리적이지는 않았지만, 다들 자신이 겪는 이 불운을 미국 탓으로 돌리게 된 것이다. 사람들은 근거도 없이 '돈에 눈이 벌건 양키들' 운운하며 수군대기 시작했다. 양을 키우는 어느 농부는 펜윅 저축은행에서 매년 받던 대출을 거절당한 뒤, 마르세유에 갔다가 미국 영사관을 보고 분통이 터져서 벽돌 하나를 창문에 냅다 던지고 내빼기도 했다.

그는 프랑스 경찰에 체포되어 미국 영사관으로 인도되었다. 그리고 남의 집 창문에 벽돌을 던져서는 안 된다는 따끔한 훈계를 듣고, 미국의 대외 원조 계획을 설명하는 홍보물로 가득 찬 큰 봉투 두 개를 받아들고 풀려났다. 그는 그랜드 펜윅으로 돌아오는 버스 안에서 홍보물을 꼼꼼히 읽어보았다. 그리고 집에 돌아오자마자 자기 앞으로 온 청구서를 홍보물이 담긴 봉투에 쓸어담아 마르세유의 미국 영사관으로 부쳤다. 그 안에는 미국의 원조를 요청하는 편지도 들어 있었다. 편지의 끝에는 '아서 그린, 당신네 유리창을 깨뜨린 사람'이라고 서명했다. 하지만 며칠 뒤에 그는 자신이 보낸 청구서를 고스란히 돌려받았다. 거기엔 저번에 깨뜨린 유리 대금 청구서까지 덧붙여 있었다. 이 얘기가 퍼지면서 미국에 대한 평판은 더욱 험악해졌다. "미국 놈들은 하나같이 제정신이 아니라니까." 사람들은 이 사건으로부터 배운 바를 이렇게 말하고 다녔다.

벽돌 투척 사건으로 인해 생긴 긍정적인 효과도 있었다. 바로 그랜드 펜윅 우편체제의 효율성이 극적으로 향상되었다는 것이다. 프랑스인 버스기사 살라트가 이 사건에 어찌나 신이 났던지, 존경의 표시로 공국에 오가는 우편물을 한동안 꼬박꼬박 챙겨주었다. 그리고 우편물을 전할 때마다 미국 놈들의 유리창을 박살 낸 용감한 친구에게 안부를 전해달라고, 그랜드 펜윅 국경수비대에게 신신당부했다.

마침 미국으로부터 새로운 '껌 자금' 소식이 날아올 때가 다 되었기 때문에, 이제 우편물이 제때 도착한다는 사실에 모두가 안도했다. 공국 사람들은 너 나 할 것 없이 미국 뉴저지 주 포트 엘리자베스에 위치한 밸치 앤드 컴퍼니에서 보낸 편지가 도착하기를 목 빠지게 기다렸다. 이 회사는 그랜드 펜윅 공국의 미국 내 재정관리를 전담하는 회사로, 공국의 의뢰를 받아 껌 생산업체인 빅스터 제과회사와의 거래를 맡고 있었다.

드디어 편지가 도착했다. 그러자 한 명도 아니고 한 무리의 주민들이 편지를 뒤따라 펜윅 성으로 왔다. 편지봉투에는 예전처럼 '마운트조이 백작 귀하'라고 씌어 있었다. 밸치 앤드 컴퍼니는 자기들이 보낸 껌 판매 로열티로 인해 그랜드 펜윅 정권이 교체되었다는 사실을 꿈에도 생각지 못했기 때문이다. 마운트조이는 이 편지가 당연히 현 수상인 데이비드 벤트너에게 가야 한다는 것을 잘 알고 있었지만, 서슴없이 봉투를 개봉했다. 그의 앞에는 이삼십 명쯤 되는 사람들이 모여 있었다. 다들 편지 내용을 알기 전까지는 한 발짝도 움직이지 않을 태세였다.

내용은 무척 짧았다. 겨우 다섯 줄이었다. 이런저런 숫자가 나열되고 맨 마지막 줄에 '1,000만 달러'라는 숫자가 적혀 있었다. 이번에 그랜드 펜윅이 받게 될 '껌 자금'이 무려 1,000만 달러인 것이다. 이 숫자를 발견한 순간, 마운트조이의 손은 벌벌 떨리고 입 안에는 말 그대로 흙 맛이 돌았다. 그는 간신히 침을 삼켰다. 서재에 모인 사람들은 백작의 안색이 창백해진 것을 보고 뭔가 끔찍한 일이 벌어졌구나 싶어서 마음을 단단히 먹고 있었다.

"도대체 얼마랍니까, 백작님?"

누군가가 겨우 입을 열었다.

마운트조이는 그 옛날, 그랜드 펜윅의 조상들이 발휘했던 큰 용기를 짜내어 이렇게 말했다.

"별거 아닐세. 겨우 만 달러야. 작년에 껌 매출액이 크게 떨어졌다지 뭔가."

그는 편지를 접어 얼른 주머니에 넣었다.

"만 달러라고요?"

한 사람이 외쳤다.

"우리는 그동안 속았던 거야!"

또 누군가가 외쳤다.

"그 양키 녀석들이 모조리 채간 거야!"

순식간에 서재 안은 미국을 향한 비난과 성토의 목소리로 들끓었다. 잠시 후, 마운트조이는 사람들을 진정시켰다.

"자, 여보게들. 이제는 가보는 게 좋겠네. 더 이상 외국의 입김에 휘둘리지 말고 우리가 하던 대로 열심히 살아야 하지 않겠나. 나는 이만 실례하겠네. 이 편지를 벤트너 수상에게 전달

해야 하니까. 이 사실을 얼른 알려줘야지."

사람들이 서재에서 나가자 마운트조이는 옆방 침실로 가서, 옷장 앞에 있는 긴 거울을 한참 들여다보았다.

"마운트조이, 이 멍청아."

그는 거울에 비친 자기 모습을 향해 손가락질했다.

"결국 큰 위험을 자초했군. 어디 잘 해나가나 두고 보자고."

그는 종을 울려 시종을 불렀다. 그리고 벤트너에게 가서 한 30분쯤 뒤에 그쪽 사무실로 찾아가도 될지 물어보라고 지시했다. 잠시 후 돌아온 시종은 벤트너가 벌써 백작의 사무실로 오고 있다고 전했다. 마운트조이는 미소를 지었다.

"내가 찾아가는 게 나을 텐데 그랬군. 어쨌거나 지금은 그가 수상인데 말이야."

마운트조이가 말했다.

"백작님, 벤트너 씨도 이미 소문을 들은 모양이더군요."

시종이 말했다.

"미국에서 겨우 만 달러가 왔다는 사실 말입니다. 금액이 적은 것도 그렇지만 남들이 자기보다 먼저 알았다는 것 때문에 더 화가 난 모양입니다."

그때 벤트너가 씩씩거리며 백작의 서재로 들어왔다.

"도대체 무슨 짓을 한 겁니까?"

그는 손님을 맞기 위해 자리에서 일어선 백작을 향해 삿대질을 해댔다.

"정부에 온 공문서를 멋대로 열어보다니! 당장 고발하겠습니다. 고발하겠어요! 반드시 그렇게 할 겁니다."

"다음에는 제발 남들 앞에서 그렇게 해보시오."

마운트조이가 냉정하게 말했다. 그러고는 이렇게 덧붙였다.

"화가 나니 전보다는 훨씬 효율적이군. 봉투를 보면 알겠지만, 이 편지는 나한테 온 것이니 나에게도 열어볼 권리가 있지 않소?"

"그 편지가 '수상' 앞으로 온 거라는 사실을 백작도 알고 있지 않습니까? 수상은 바로 나란 말입니다!"

벤트너가 말했다.

"어디 법정에서도 그렇게 말해보시오. 성문법이건 불문법이건 이 나라의 법을 다 찾아보아도, 자기 앞으로 온 편지를 마음대로 뜯어보면 안 된다는 법은 없을 거요. 비록 그 편지가 사실은 남이 읽어야 할 것이라도 말이오."

마운트조이가 말했다.

"편지를 뜯자마자 그게 누구 앞으로 왔는지 알았을 것 아닙니까! 그런데도 그걸 나한테 넘겨주기 전에 공국 사람 절반이 알게 하다니, 그게 말이나 됩니까?"

"아, 내가 그랬던가? 그나저나 고발하기 전에 일단 편지나 좀 읽어보시지 그러오?"

마운트조이가 차분히 말했다.

벤트너는 백작의 손에서 편지봉투를 잡아챈 다음, 내용물을 꺼내 읽기 시작했다.

"이게 뭡니까?"

벤트너가 소리를 질렀다.

"마운트조이 백작, 실수를 하셨군요! 만 달러가 아니라 1,000만 달러 아닙니까? 직접 보시죠."

그는 편지를 백작에게 내밀었다. 하지만 백작은 무시한 채 자리에서 일어나 문 쪽으로 다가가서, 문이 잘 닫혀 있는지를 확인했다.

"아, 그렇소? 저런."

마운트조이가 부드럽게 말했다.

"사람들한테 만 달러라고 하셨다면서요?"

벤트너가 물었다.

"그랬죠."

"실수하신 겁니다."

마운트조이는 과연 그런가 다시 한 번 생각하며, 벤트너의 얼굴을 살펴보았다. 겨우 만 달러가 아니라 사실은 막대한 금액이 편지에 적힌 것을 알고 나자, 벤트너의 얼굴에는 화색이 돌았다.

"어쩌면 제가 너무 흥분한 나머지 숫자를 잘못 읽었는지도 모르겠군요."

마운트조이가 말했다.

"하지만 진짜 액수를 이야기하는 것이 오히려 더 큰 실수가 되리란 생각은 안 드시오? 이 나라의 장래를 책임지고 계신 수 상 나리께서 어디 한번 생각해보시죠. 과연 그 사람들에게 이 제 1,000만 달러를 갖게 되어 더욱 불행해질 거라고 말해주어야 했을까요? 100만 달러 때문에 우리 국민이 무슨 꼴을 당했는지 당신도 똑똑히 보지 않았소? 1,000만 달러라면 먼젓번보다 최소 두 배, 아니 서너 배는 더한 꼴을 당할 거요. 굳이 당신에게 그걸 증명해 보일 필요는 없겠지요? 당신도 느끼고 있을 테니 말이오. 내가 그 숫자를 잘못 읽었기 때문에, 당신에게는 이 난처한 문제를 풀 수 있는 길이 열린 걸지도 모르오."

벤트너는 만 달러가 갑자기 1,000만 달러가 되었다가, 또다시 만 달러가 되는 이 상황을 도무지 감당할 수 없는 것 같았다. 그는 마운트조이라는 솜씨 좋은 투우사에게 휘둘리는 황소처럼 이리 갔다 저리 갔다 하며 갈피를 잡지 못했다.

"그나마 아직까지는 당신이 최선이라고 생각하는 쪽으로 움직일 수 있는 여지가 있소."

마운트조이가 말했다.

"나는 이 나라의 수상이 해야 할 임무를 가로챌 생각이 추호도 없소. 하지만 나라에 대한 의무로서, 어려운 상황에 있는 당신을 도와주려는 마음에서, 특별히 몇 가지 대안을 주고 싶소.

우선 올해 미국에서 받은 돈이 만 달러뿐이라고 정식으로 공표하시오. 그래서 이번에는 돈을 분배하지 않고 정부 부채를 갚는 데에만 쓰겠다고 하시오. 즉, 당신네 당에서 나라에 증여하는 셈이지.

그게 내키지 않는다면 그냥 사실대로 말하시오. 마운트조이가 실수했다고 하거나, 거짓말을 했다고 하는 거요. 그러면서 이제 공국에 1,000만 달러가 생겼다는 암울한 소식을 전하는 거지. 그 돈이면 부채도 단번에 갚아버릴 수 있고, 세금을 떼고도 모두가 몇 년치 수입을 받게 될 거라고 말이오. 물론 그렇게 한다면 이미 시작된 문제가 끝없이 펼쳐지겠지요."

"1,000만 달러라……."

벤트너는 고통스럽게 중얼거렸다.

"1,000만 달러면 우리 공국이 10년 동안 벌어 모을 수 있는 것보다도 많은 금액입니다. 누가 감히 이런 거액을 뿌리치겠습니까?"

"아무도 못 하겠지요."

마운트조이가 부드럽게 말했다.

"하지만 나처럼 돈에 익숙한 사람은 남들보다 돈에 덜 집착합니다. 그래서 내가 당신을 도와줄 수 있는 것이고 말이오. 보통 사람이라면 절대 뿌리치지 못할 겁니다. 하지만 지금 사람들이 아는 건 겨우 만 파운드 아니오?

벤트너 씨, 나는 당신이 직면한 어려움을 잘 알고 있소. 당신 같은 노동자 집안 출신이 그런 큰돈을 외면하기가 얼마나 힘든지도 알고 말이오.

오랫동안 당신은 돈의 노예가 되어 그 장단에 맞춰가며 살았겠지요. 노동자들은 귀족을 적이라고 생각하지만, 그건 사실이 아니라오. 노동자의 적은 사실 돈이지. 무슨 말인지 아시지요? 따라서 노동자의 이름으로, 노동자의 적에게 과감히 등을 돌리라고, 그렇게 해서 이 끔찍한 재물과 관계를 끊으라고 간곡히 부탁하는 바이오."

"제가 과연 그렇게 할 수 있을지 모르겠습니다."

벤트너가 말했다.

"어떻게 해야 할지 모르겠어요."

"방법이 없는 것은 아니지요."

마운트조이의 얼굴에 회심의 미소가 번졌다.

"기도를 하든가, 아니면 사임을 하시오."

이 순간, 일종의 전환점을 제공한 것은 바로 사임—기도가 아니라—이었다.

"사임이라고요?"

벤트너가 되물었다.

"지금 거대 여당이 된 우리 정당을 포기하란 말인가요? 그건 절대로 안 됩니다."

"그러면 남은 방법은 하나뿐이군. 얼른 교회에 가서 하느님께 무릎 꿇고 이 나라를 구해달라고, 그리고 1,000만 달러라는 거액을 얼른 써버릴 수 있는 힘을 달라고 기도해보시오."

사임과 정당에 대한 책임감 사이에서 머릿속이 복잡해진 벤트너는 결국 이렇게 말하고 말았다.

"알겠습니다. 이번에 들어온 금액이 만 달러뿐이라고 말하겠습니다. 더도 덜도 아니고 딱 그만큼이라고요."

"브라보!"

마운트조이가 외쳤다.

"그 말을 들으니, 당신네 평민이야말로 훗날 이 세상에서 귀족이 사라지고 나면 이 문명을 이끌 수 있는 사람들이라는 생각이 드는군요."

"그런데……."

벤트너가 천천히 말했다.

"어쩌면 좋은 생각이 아닐지도 모르지만, 그래도 1,000만 달러 중 얼마라도 만약을 위해 비축하는 게 어떨지……."

하지만 마운트조이의 싸늘한 눈빛을 본 그는 말을 끝맺지 못했다. 그는 어깨를 으쓱하며 이렇게 말했다.

"알았어요, 알았어. 그냥 해본 말입니다."

글로리아나, **눈을 꼭 감고 핀을 꾹 누르다**

마운트조이와 벤트너는 '껌 자금'으로 들어온 돈의 정확한 액수를 국민에게 알리지 않는다는 데 합의했다. 그리고 글로리아나와 추밀원 회의를 열어 이 사실을 말했다.

하지만 글로리아나의 생각은 달랐다.

"두 분도 아시다시피 그랜드 펜윅은 민주국가잖아요."

그녀가 말했다.

"그런 속임수로 국민에게 우리의 계획을 강요하면 민주주의가 이루어질 수 없어요. 민주주의는 여러분이 감추려고 하는 그 돈보다 훨씬 중요한 것 아닌가요?"

"전하, 아무리 민주국가라 하더라도 때로는 국민에게 사실을 숨겨야 할 때가 있는 법입니다. 사실이 알려지면 공연히 국민 감정을 자극해서 해악을 끼치는 경우도 있으니까요. 민주적인 정부라도 때로는 이런 방법을 통해 국민을 위험에서 보호해야 하는 겁니다."

"백작의 말이 맞습니다, 글로리아나 여사."

벤트너가 옆에서 거들었다.

"국민들에게 이 사실을 알렸다간 그야말로 야단법석이 날 겁니다. 이번에는 자동차를 주문해놓고, 정부더러 주유소를 만들고 도로를 넓히라고 하겠지요. 그러면 교통사고도 늘어날 겁니다. 자연히 경찰도 늘려야 하고, 과속 운전자를 겨냥한 벌금제도도 만들어야 하고, 교통법규 위반을 담당할 즉결법정도 만들어야 하죠. 문제가 끊이지 않을 겁니다. 그러니 국민에게 알리지 않고 돈을 어떻게든 써서 없애는 것이 최선입니다."

"그러면 내년, 그리고 내후년에는 어떻게 하죠?"

글로리아나가 물었다.

"껌 사업은 앞으로 9년은 계속될 텐데, 매년 국민에게 거짓말을 하는 게 옳다고 생각하시나요? 만일 국민들이 이 사실을 알게 되면 그때는 어떻게 하시겠어요? 정부가 국민에게 거짓말을 했을 뿐 아니라, 적법하게 받아야 할 돈을 상의도 없이 유용했다는 사실을 알게 되면요? 그러면 이 정부는 그렇다 치고, 두 분은 당장 어떻게 정당을 이끌어나가실 수 있겠어요?"

글로리아나는 이런 논리를 펼치며 수상과 야당 대표에게 이번에 들어올 '껌 자금'의 정확한 액수를 의회를 통해 국민에게 공식적으로 밝혀야 한다고 설득했다.

"우리 국민을 너무 과소평가하지 마세요. 어쩌면 국민은 두

분이 생각하시는 것보다 현명할지도 모르니까요."

그리하여 벤트너는 의회에 '껌 자금' 액수를 공식적으로 발표했다. 그는 '껌 자금'이 만 달러에 불과하다는 백작의 발표를 부인하고, 실제로는 1,000만 달러나 되며 액수는 해마다 늘어날 것으로 보인다고 말했다.

그의 발언이 끝나자마자 의회 안에서 함성이 요란하게 터져나오는 바람에 벤트너는 혼비백산했다. 정숙할 것을 요청하는 의장의 망치 소리마저 들리지 않을 정도였다. 축구 시합에서 전혀 기대하지 않은 순간에 뜻밖의 득점이 터졌을 때, 관중이 한꺼번에 질러대는 것 같은 기쁨의 함성이었다. 서류 뭉치가 공중에 날아다니고, 의원들은 서로를 끌어안고 의자 위에 올라가 덩실덩실 춤을 추었다. 결국 경비대장이 네 명의 부하를 거느리고출동해서 의장의 목소리가 들릴 수 있도록 회의장을 정리해야했다.

"여러분께 한 가지 주의를 드리고 싶습니다."

소란이 어느 정도 가라앉고 목소리가 들릴 만해지자, 의장이 큰 목소리로 말했다.

"제겐 회의장 내에서의 부적절한 행동에 대해 징계조치를 할 권리가 있습니다. 아까와 같은 소란이 또 일어난다면 기꺼이 그 권리를 행사하겠습니다."

의원들이 모두 자리에 앉자 의장은 벤트너에게 말했다.

"방금 수상께서는 미국이 껌 판매 대금으로 우리 공국에 지불할 돈이 1,000만 달러라고 말씀하셨습니다. 이에 대해 계속 발언해주시겠습니다."

벤트너는 마른침을 삼켰다. 그가 지금부터 할 이야기는 의원들에게 아까보다 더욱 큰 충격을 줄 게 분명하기 때문이었다. 그는 용기를 내어 이야기를 시작했다. 우선 작년에 '껌 자금'으로 인해 벌어진 온갖 재난을 상기시켰다. 국내 통화의 인플레이션이며, 정부와 개인의 부채며, 임대료와 물가와 임금 상승에 대해서도 이야기했다.

"따라서 하원 측에 다음과 같이 제안하고자 합니다."

그의 말은 계속되었다.

"우리는 미국 돈이 오기 전으로 상황을 되돌려놓아야 합니다. 전에 저는 돈을 국민 모두에게 공평하게 분배해야 한다고 주장한 바 있습니다. 하지만 이번에는 그 돈을 거절해야 한다고 주장하고자 합니다. 미국 돈이 더 이상 우리 경제에 해를 끼치지 못하도록, 임금과 물가와 생산품의 가치를 떨어뜨리는 일이 없도록 말입니다. 이 목적을 달성하기 위해서 저와 우리 당은 어떠한 대가라도 기꺼이 치를 것입니다. 저는 그 돈을 우리에게 별다른 영향을 주지 않을 곳에 써서 없애야 한다고 생각합니다."

'껌 자금'의 실제 액수가 밝혀졌을 때는 모두가 기쁨의 환호성을 질러댔지만, 기대에 어긋나는 발언이 나오자 모두들 충격과 의혹으로 인해 차마 입을 떼지 못했다. 이제는 창가에서 윙윙거리는 파리 소리까지 들릴 정도로 정적에 빠졌다. 마운트조이 백작은 침묵을 깨고 발언권을 얻어 야당 대표로서 의견을 제시했다. 한마디로 정부 여당의 의견에 대한 적극적인 동조였다. 그리하여 '껌 자금'을 반드시 소모해버린다는 여야의 완전한 합의가 이루어지게 되었다.

"국가적 위기 상황에서 정당이 서로 협력하는 것은 이 나라의 오랜 전통입니다."

마운트조이가 말했다.

"이제 우리가 그런 전통에 따라야 할 때입니다. 저와 우리 야당은 수상 각하 및 정부 여당 측의 제안에 적극 동의하는 바입니다."

바로 그 순간 둑이 다시 터져버렸다. 물론 이번에는 의자 위에 올라가서 춤을 추는 사람이 한 명도 없었다. 대신 모든 의원들이 자리에서 일어나 마운트조이와 벤트너를 향해 주먹을 흔들어대며 고함을 질렀고, 의장의 목소리는 소란 속에 다시 파묻혀버렸다. 경비대에 의해 의원 세 명이 회의장 밖으로 끌려나가는 불상사가 벌어진 뒤에야 흥분이 가라앉았다.

벤트너는 이 돈이 공국 내에 유입되는 것을 왜 반드시 막아내야 하는지 다시 한 번 설명했다. 물론 거기 모인 사람들은 각자의 경험을 통해 그 이유를 잘 알고 있었다. 또한 앞서 벤트너가 개인적으로 느꼈던 고통을 집단적으로 느끼고 있었다. 1,000만 달러라는 거액을 포기해야 하는 고통 말이다. 경험상포기해야 한다는 것은 알았지만, 평소 신념과 감정으로는 받아들이기 힘든 상황이었다.

결정을 내리기에 앞서, 그들은 마운트조이에게 도대체 왜 처음에 들어올 돈이 만 달러라고 했는지 따져 물었다.

"액수를 숨긴 까닭은, 국민들에게 과연 그 돈을 포기할 만한 용기나 지혜가 있을지 의심스러웠기 때문입니다."

마운트조이가 말했다.

"지금 여러분이 겪고 있는 심각한 고통을 국민들과 이 공국에 주고 싶지 않았습니다. 하지만 다시 생각해보니 제 생각이 틀렸던 것 같군요. 저는 여러분과 저의 동료인 시민들이 우리의 미래를 완전히 망쳐놓을 1,000만 달러를 감히 포기하지 못할 것이라고 생각했습니다. 1,000만 달러, 그리고 앞으로 들어올 훨씬 더 많은 돈도 말입니다."

그는 더 이상의 확언을 피했다. 이어진 장시간의 토론에서는 모두들 그 돈을 어떻게 처리할지 해결책을 찾기 위해 고심했다.

"차라리 이 돈을 그냥 미국에 두는 편이 낫지 않습니까?"

한 의원이 물었다.

"그건 불가능합니다."

벤트너가 말했다.

"그건 결정을 잠시 미루는 것일 뿐이니까요. 그 돈을 미국에 그대로 두면 점점 불어나서 1,000만 달러가 아니라 1억 달러가 될 수도 있습니다. 그렇게 되더라도 우리가 그 돈을 간단히 외면할 수 있을까요? 결코 아닐 겁니다. 미루면 미룰수록 결정을 내리기가 점점 더 힘들어질 뿐입니다."

그는 말을 이었다.

"근본적인 문제는 이겁니다. 우리가 과거와 같은 삶을 후대에 물려줄 것인가, 아니면 삶을 완전히 바꾸어놓음으로써 다음 세대는 일하지 않고도 외국에서 들어온 돈으로 호의호식하게 할 것인가. 다시 말하면, 우리 후손들이 독립적으로 살면서 자급자족하게 할 것인가, 아니면 부유한 게으름뱅이로 살게 할 것인가입니다. 다른 것은 제쳐놓더라도, 이 문제 하나만큼은 숙고해주시기 바랍니다."

"그러면 부채는 어떻게 합니까? 그건 전부 앞으로 들어올 돈을 예상하고 빌린 돈인데요."

다른 사람이 물었다.

"차라리 그 돈으로 개인과 정부가 진 빚을 갚아주고, 올해 세금까지만이라도 대신 내주는 게 낫지 않을까요?"

또 다른 사람이 물었다.

어느 누구도 그 돈을 전부 가져야 한다고 주장하진 않았다. 또한 어느 누구도 그 돈을 전부 그랜드 펜윅의 유권자들에게 분배해야 한다고 주장하지도 않았다. 그 돈이 또다시 그랜드 펜윅의 경제—오랜 기간에 걸쳐 노동과 생산과 임금이 미묘하게 균형을 맞춰왔던—를 어지럽혀서는 안 된다는 데에, 비록 정도의 차이는 있었지만 모두 동의하고 있었다.

이윽고 표결에서는 찬성 33표 대 반대 7표로, 그 돈으로 이전의 달러 지출로 인해 발생한 정부와 개인의 채무를 모두 갚는 걸로 결정이 내려졌다. 그리고 더 이상 미국 달러가 한 푼도 공국 내에 유입되지 않게 하기로 결의했다.

이 의견에 반대표를 행사한 일곱 명은 그 돈을 국고에 보유하고 향후 몇 년 동안 국민의 세금을 면제해주자고 주장했다. 하지만 이러한 의견은 마운트조이 백작에 의해 반박당했다. 전과 마찬가지로, 세금을 내지 않게 되면 국민은 정부의 일에 아예 관심을 끊을 거라는 논리였다.

"정부가 건전하게 유지되기 위해서는 단 한 푼의 예산이라도 숙고와 토론을 통해 지출해야 합니다. 그리고 국가예산은 국민의 주머니에서 나온 것이 아니면 안 됩니다."

표결 직후에는 또 하나의 결의안이 나왔다. 정부와 개인의 부채를 갚고 난 나머지 금액 처리는 전적으로 '우리의 군주이신 글로리아나 12세 대공녀 전하께 위임할 것이며, 추밀원 의원들과의 상의를 통해 이 문제를 현명하게 해결하시도록' 하자는 내용이었다. 이는 곧 만장일치로 통과되었다. 의원들은 마운트조이와 벤트너에 대한 신뢰를 잃은 만큼, 현실 정치를 초월해 있는 궁극적인 권력자인 대공녀에게 이 문제의 처리를 맡기기로 한 것이다.

글로리아나는 돈 문제에 대해서는 쑥맥이었기 때문에, 비교적 알뜰한 살림꾼인 남편 털리 배스컴에게 핀잔을 듣기 일쑤였다. 글로리아나도 다른 여자들처럼 특정한 상황에만 적용되는 원칙을 여기저기에 다짜고짜 들이대는 기질이 있었다. 그녀는 종종 빌뢰르반이나 리용이나 마르세유로 쇼핑을 하러 가서, 필요하지도 않은 물건들을 단지 값이 싸다는 이유로 잔뜩 사들이곤 했다. 값이 싸다 한들 필요하지 않은 물건이라면 무슨 쓸모가 있냐고 털리가 누차 타일러도 소용없었다. 그녀는 또한 일어날 가능성이 별로 없는 미래의 사건에 대비해 뭔가를 마구 사기도 했다. 물론 이 정도야 사람이라면 누구나 가질 수 있는 사소한 흠에 불과했다. 그런데 문제는 이런 대공녀가 이제부터 무려 1,000만 달러를 써야 한다는 사실이었다. 털리는 이 상황을 당혹스러워했다. 그러나 한편으로는 이런 생각도 들었다.

'뭐, 어쩌면 집사람이야말로 그런 일에 가장 적절한 사람인지도 모르지. 요즘도 용돈을 받는 족족 한 푼도 남기지 않고 다 써버리니……'

글로리아나는 벤트너와 마운트조이에게 돈 문제에 대해 들을 수 있는 조언을 모두 들었다. 그런 다음, 뭔가 새로운 견해를 접하기 위해 코킨츠 박사를 찾아갔다. 이 위대한 수학자 겸 물리학자는 최근의 경제적 혼란에 동요하기는커녕 오히려 활기차게 살아가고 있었다. 요즘 들어 여기저기서 TV를 고쳐달라는 요청이 끊이지 않기 때문이다.

"정말 제가 사드릴 물건이 없나요? 비싸면 비쌀수록 좋은데요."

글로리아나가 물었다.

"혹시 천문학에는 관심이 없으세요? 원하시면 커다란 망원경이 설치된 근사한 천문대를 지어드릴 수도 있어요."

코킨츠 박사는 자기가 천문학에 대해 조금 관심이 있다고 해서 굳이 그런 시설을 마련할 필요는 없다고 대답했다. 하지만 한 가지, 특별 주문제작을 해야 하기 때문에 가격이 조금 비싼 어떤 기자재를 하나 샀으면 좋겠다고 했다.

"그게 뭔데요?"

글로리아나가 신이 나서 물었다.

"표면을 매끈하게 열처리한 강철판을 특정한 곡률로 가공해 만든 기구가 두 개 필요합니다. 제가 알기로 이런 물건을 생산할 만한 곳은 펜실베이니아 주 스크랜턴에 있는 칼턴 과학기자재 제작소가 유일할 겁니다."

코킨츠가 말했다.

"그럼 당장 주문하세요."

글로리아나가 재촉했다.

"그리고 특별 항공편으로 빨리 보내달라고 하세요. 비용은 얼마가 들어도 괜찮으니까요. 그나저나 그건 얼마쯤 하나요?"

"개당 200달러씩은 들 겁니다. 특별 항공편 운송료가 기구보다 몇 배는 더 비쌀걸요."

코킨츠가 말했다.

"아, 이런."

글로리아나가 채근하듯 물었다.

"그것 말고 필요하신 건 없나요? 더 비싼 걸로요."

코킨츠로선 그보다 더 비싼 것은 상상할 수 없었다. 그녀는 돈을 쓸 새로운 아이디어를 얻기 위해, 박사에게 지금 하고 있는 연구에 대해 물었다. 박사는 요즘 두 가지 연구를 하는 중이라고 말했다. 하나는 전부터 해온 것으로, 산소에 친화적인 원소에 관한 것이었다. 이것은 모든 과학 분야에서 인정하고 있지만, 어느 누구도 제대로 이해하진 못했다. 그는 산소와 다른 원소의 관계를 연구함으로써, 한 원소가 다른 원소로 변환되는 문제에 대한 실마리를 찾을 수 있지 않을까 생각 중이었다.

또 하나의 연구는 극초단파의 진폭에 관한 것이었다.

"어떤 나라에서는 음속보다 더 빨리 날 수 있는 비행기를 만들어내기도 하죠. 저는 그 비행기보다 더 빠른 음파를 만들어낼 수 있는지 연구하고 있습니다."

"그걸 어디에 쓸 수 있나요?"

글로리아나가 물었다.

코킨츠는 알이 두툼한 안경을 벗었다. 그러자 앞이 안 보여 잠시 허둥지둥하다가, 간신히 자기 셔츠의 끝자락을 붙들고는 그것으로 안경알을 쓱쓱 닦았다.

"물론 지금 당장은 아무 쓸모가 없겠지요."

그가 말했다.

"하지만 모든 가치를 유용성으로만 판단할 수는 없지요. 분명한 사실은, 새로운 지식을 더하는 것만으로도 인간은 보다 훌륭해질 수 있다는 겁니다."

글로리아나는 코킨츠 박사의 연구실에 안경닦이용 티슈를 몇 상자 사다놓아야겠다고 메모한 뒤에 그곳을 나왔다.

그러던 어느 날, 그야말로 우연하게도, 글로리아나는 이 수백만 달러나 되는 돈을 써버릴 수 있는 기발한 방법을 발견했다. 마침 그녀는 지루함을 무릅쓰고 「타임스」를 뒤적이다가 우연히 경제면을 펼치게 되었다. 경제면 맨 처음에는 공업 분야의 주가가 떨어진 반면, 철도 분야의 주가는 올랐으며, 아울러 국채의 가치가 조금 올랐다는 기사가 있었다.

"내가 왜 이걸 미처 생각 못 했을까?"

그녀는 중얼거렸다.

"주식시장에서 수백만 달러를 잃는 사람들이 부지기수일 텐데 말이야. 지금 가진 돈으로 주식투자를 하면 되겠지? 한 푼도 남기지 않고 다 써버릴 때까지 투자하면 될 거야. 나름대로 재미도 있을 거고."

하지만 잠시 생각해보니 사람들이 무조건 돈을 잃기만 하는 것은 아니었다. 어떤 사람들—물론 대공녀는 한 번도 만나본 적 없는—은 오히려 주식투자로 돈을 벌기도 했다. 그리고 또 어떤 사람들—그야말로 투자의 귀재라고 할 만한—은 주식투자로 재벌이 되기도 했다. 그러나 그런 사람들은 분명히 주식 시세나, 관심 있는 특정 산업의 현황이나, 각 기업의 경영 활동에 대해 오랫동안 깊이 있게 연구한 사람들일 것이라고 생각했다. 물론 그런 사람들도 종종 돈을 잃긴 하지만 말이다.

갑자기 자신감을 얻은 그녀는 탁자 위에 「타임스」 경제면의 주식시세표 페이지를 조심스레 펼쳤다. 그리고 눈을 꼭 감은 뒤에, 손가락에 쥔 핀을 그 위에 꾹 눌러 꽂았다. 눈을 떠보니 핀이 꽂힌 자리에 '웨스트우드 석탄·철도회사'라는 이름이 있었다.

바로 그날 그랜드 펜윅 공국의 글로리아나 12세 대공녀의 서명이 담긴 편지 한 장이 미국 뉴저지 주에 위치한 미국 내 공국

의 대리인 밸치 앤드 컴퍼니로 발송되었다. 편지에는 그 이름
도 못 들어본 회사의 주식을 600만 달러어치 구입하라는 내용
이 적혀 있었다.

충격과 공포의 **주식투자**

웨스트우드 석탄·철도회사는 남북전쟁 말기에 미국에 불어온 운송업 열풍을 타고 세워진 회사였다. 그런 회사가 지금까지 살아남은 게 기적이라 할 만했다. 전쟁의 회오리 속에 설립된 이 회사는 한때 대단한 애국심에 빠져, 거의 헐값이나 다름없는 운임으로 맥클렐런† 부대에 보급품을 실어다주기도 했다. 운송업이라고는 하지만 작은 어선과 마차 몇 대로 시작한 이 회사는 전쟁 직후에 철도 쪽으로 사업을 확장했다. 이후에는 기관차에 연료를 안정적으로 대기 위해 광산업에까지 손을 댔다.

20세기 초까지만 해도 웨스트우드 석탄·철도회사는 운수업과 광산업 두 분야에서 튼실한 업체로 정평이 나 있었다. 그러나 이 회사의 경영진―회사의 설립자인 하이럼 웨스트우드 장군의 아들인 테드와 사이 웨스트우드 형제를 말한다―은 이후 운송업계에 일어난 큰 변화의 흐름을 쫓아가지 못했다.

자동차가 길에 등장할 무렵, 몇 대는 증기기관으로 움직였고, 몇 대는 석유로 움직였다. 그런데 마침 남북전쟁 직전에 펜실베이니아 주에서 최초로 대규모 유정이 발견되었다. 하지만 테드와 사이 웨스트우드는 철도에 비하면 자동차는 애들 장난감이라며 무시해버렸다. 그들은 일종의 '자가 열차'인 자동차가 철도처럼 전국 방방곡곡을 돌아다니지 못할 거라고 생각했다. 사실 그때까지만 해도 미국의 도로 사정은 그리 좋지 않았다. 게다가 시속 80킬로미터로 안전하고 시원하게 달릴 수 있는 기차를 두고, 누가 굳이 시속 8에서 12킬로미터밖에 안 되는 자동차를 타려고 하겠는가?

그들은 전기 또한 결코 석탄을 대체하지 못하리라 생각했다. 그때까지만 해도 전기는 석탄보다 훨씬 비효율적이었기 때문이다.

전기로 전구에 불이 들어오게 하거나, 전화를 울리게 할 수야 있지만 결코 기계를 움직이지는 못할 것이다. 전기를 쓰려면 전선을 이어야 하기 때문에 이걸 널리 사용하려면 세상이 온통 전깃줄 투성이가 되고 말 것이다. 철도와 석탄이야말로 가장 안전하고 안정적인 사업이다……. 적어도 한동안은 그렇게 생각했다.

하지만 세월이 흐르면서 석탄 수요는 줄어든 반면, 광부들의 임금은 점차 올라갔다. 매장량도 줄어들기 시작했다.

† 조지 브린턴 맥클렐런(1826-1885) 미국 남북전쟁 당시의 북부 측 장군.

웨스트우드 석탄·철도회사가 소유한 탄광도 하나하나 다른 곳에 매각되어, 지금은 겨우 두 곳만 남았다. 화물과 승객이 점차 자동차를 이용하게 되면서, 웨스트우드 석탄·철도회사가 보유하는 철도 통행권과 열차 수 역시 크게 줄었다. 회사는 그제서야 철도 사업에서 발을 빼고 자동차 사업에 뛰어들려고 했다. 그러나 연로한 사주들에게는 이미 늦었다고 봐야 했다.

웨스트우드 자동차 회사는 초창기에 약간의 수익을 올리긴 했다. 하지만 자동차 생산의 주류가 점차 대량생산 쪽으로 기운 반면, 후발 주자인 웨스트우드는 거의 모든 공정을 수작업으로 했다. 사주들은 해마다 새로운 모델 제작비용으로 막대한 자금을 은행에서 대출받았다. 그 대출금을 간신히 상환하고 나면 남는 것이 없었다. 그렇게 지난 10년 내내 돈에 허덕이기만 하고 이익은 전혀 내지 못했다. 그중 7년은 장부상 적자였다.

상황이 이런데도 웨스트우드 석탄·철도회사는 전혀 승산이 없어 보이는 석탄·운송업에 여전히 몰두하고 있었다. 미시간 주 서부에 위치한 공장은 1년에 6,000대가량의 자동차를 생산했다. 해마다 이사회에서는 생산량이 6만 대로 늘어나기만 하면, 지금까지 믿고 기다려준 주주들에게 상당한 수익금을 분배할 수 있을 것이라고 누누이 말해왔다.

이 지경에 있는 회사에 무려 600만 달러를 투자하라는 글로리아나의 지시에 뉴저지의 밸치 앤드 컴퍼니가 아연실색한 것은 너무나 당연했다.

그 편지를 맨 처음 읽은 사람은 회사의 대표인 조셉 밸치였다. 그는 매킨리 정권의 각료를 연상시키는 흰색 카이저수염을 기른, 덩치가 크고 위엄이 넘치는 인물이었다.

"웨스트우드 석탄·철도회사라⋯⋯."

그는 편지를 읽으며 중얼거렸다.

"600만 달러라고? 아이구, 세상에."

그는 혹시나 자신이 모르는 어떤 기적이라도 일어났나 싶어서 서둘러 「파이낸셜 타임스」를 뒤져 웨스트우드 석탄의 주가를 확인해보았다. 현재 주가는 2달러 7/8로, 어제보다도 1/8이 떨어진 상태였다. 그는 다시 한 번 편지를 흘끔 본 뒤, 내용을 잘못 읽은 게 아님을 확인했다. 역시 실수가 아니었다.

밸치는 극심한 스트레스에 시달릴 때면 제라늄 화분에 물을 주곤 했다. 화분은 사무실 창문 밖에 놓여 있었다. 그는 화장실에서 금속제 물뿌리개를 가지고 와서, 창문을 열고 화분에 물을 주기 시작했다. 가느다란 물줄기가 퍼져나와 제라늄 잎에 튀어 작은 폭포를 이루며 검은 흙 속으로 사라졌다. 이 광경은 그를 조금이나마 달래주었다. 마음이 조금 안정되자, 그는 책상으로 돌아와 편지에는 눈길도 주지 않은 채 존 딥스에게 전화를 걸었다. 존 딥스는 월스트리트의 증권 브로커 회사인 딥스 헤드스트롬 모리스 스트롱 윌리엄스 앤드 벤저민 사의 대표이다.

존 딥스는 성격상 조셉 밸치와 정반대라 할 만했다. 두 사람은 오랜 기간 거래를 해왔지만 한 번도 직접 만난 적은 없었다. 딥스는 식욕이 왕성하고, 붉은 얼굴에 우람한 어깨를 지닌 남자로, 노상 시가를 피워댔다. 그는 책상을 발 올리는 용도로만 사용했다. 사무실 풍경은 갱단의 본거지와 신문사가 등장하는 옛날 영화의 한 장면을 연상시켰다. 그의 태도 역시, 가장자리가 살짝 올라간 중절모를 쓰고 기관총을 든 갱단이 활보하던 시절의 시카고를 떠오르게 했다.

"딥스올시다."

그는 전화기를 집어들며 말했다.

"나 조셉 벨치일세."

"말하게."

"내 고객이 웨스트우드 석탄·철도회사 주식을 사고 싶어 해서 그러네만, 지금 살 수 있겠나?"

"살 수 있냐고?"

딥스가 되물었다.

"그 회사에 있는 건 뭐든지 살 수 있을걸. 사장 마누라까지도 말야. 지금 가격이 겨우 2달러 5/8거든."

"어제보다 1/4이 또 떨어졌군."

벨치는 상대방의 경박스러운 농담을 무시하며 대답했다.

"그러면 지금 얼마나 나와 있는지 좀 알아봐주게. 고객이 거기 주식을 최대한 많이 사고 싶은 모양이니까."

"자네 고객이 누군데?"

"말하기 곤란해."

벨치가 약간 냉담하게 대답했다.

"알았어. 대신 한 가지만 물어보지. 새로 들어온 돈인가?"

"그래."

밸치가 말했다.

"우리 고객은 한 번도 주식투자를 해본 적이 없어."

"그래?"

딥스가 말했다.

"이쪽에 처음 뛰어드는 사람이라니 여러 마리 토끼를 쫓는 것은 이해하네. 자네가 정녕 그 고객을 투자 쪽에 다시는 발 디딜 생각도 못하게 할 작정이라면, 내 얼른 가서 웨스트우드 주식을 몽땅 긁어모으겠네. 하지만 자네가 고객에게 돈을 벌어주고 싶다면, 차라리 뮤추얼펀드처럼 안전한 걸 선택하게 하는 게 어떻겠나? 웨스트우드 주가는 끝도 없이 떨어지고 있어. 나중에는 1달러 주고 산 주식도 30센트어치밖에 안 될 걸세."

"충고는 고맙네."

밸치가 약간 냉랭한 목소리로 대답했다.

"어쨌든 지금 나와 있는 웨스트우드 주식을 모두 사주게. 가격은 상관하지 말고 말이야."

"얼마까지 쓰려고?"

딥스가 물었다.

"600만 달러."

밸치는 이렇게 대답하고 전화를 끊었다.

애석하게도 딥스에게는 제라늄 화분이 없었다. 그는 시계를 보고, 지금이 오후 4시임을 확인했다. 증권거래소는 이미 문을 닫았을 것이다. 그는 외투를 걸치고 사무실이 있는 4층에서 엘리베이터 대신 계단으로 걸어 내려와 월스트리트로 나섰다. 오른쪽으로 방향을 꺾어 J. P. 모건 은행 쪽으로 가다가 근처의 한 주점에 들렀다. 그는 톱밥이 수북이 깔린 바닥을 지나 안으로 들어가서, 바텐더에게 맨해튼 칵테일을 한 잔 주문했다.

다행히 독일 출신의 주점 주인이자 바텐더 한스가 자리에 있었다. 증권거래소가 문을 닫은 시각에 월스트리트에 나도는 정보를 확인할 수 있는 길은 한스를 만나는 것뿐이었다. 한스는 하루에도 수백 개씩 생겨났다 사라지는 증권가의 소문을 모두 알고 있었다. 그는 소문의 내용뿐 아니라, 소문의 발원지, 누가 누구한테 퍼뜨렸는지, 그리고 그 소문을 믿는 사람은 누구이고 안 믿는 사람은 누구인지까지 훤히 꿰뚫고 있었다.

그가 들려주는 온갖 소문들을 종합해보면, 월스트리트라는 좁은 동네에서 짧고도 요란스러운 하루 동안 일어난 합병이니, 자본 재구성이니, 저당이니, 세무조사니 하는 이야기의 진위를 확인할 수 있었다.

딥스가 그 북적이는 주점에 들어갈 수 있는 것은, 브로커들이 증권거래소에 전용 좌석을 갖고 있는 것처럼 그 역시 이 주점에 전용 좌석을 하나 갖고 있기 때문이다. 그가 주점에 들어가자, 즉시 빈자리가 마련되었다.

그에게 술을 가져온 사람은 한스가 아니었다. 한스가 30년 동안 주점을 경영하면서 직접 손님의 술 시중을 든 적은 단 한 번뿐이었다. 어느 전직 대통령이 증권거래소를 둘러본 뒤에 소개를 받아 한스 주점을 찾아온 게 그때였다. 당시 한스는 최고급 버번을 꺼낸 다음, 직접 잔에 따라서 대통령에게 건넸다. 그 때의 한스는 마치 휘하의 주교에게 영성체를 하사하는 추기경처럼 위엄이 넘쳤다.

딥스에게 맨해튼을 가져온 사람은 아일랜드 출신의 바텐더 지미였다. 딥스는 늘 그랬던 것처럼 장식용 체리부터 먹고 칵테일을 한 모금 들이켰다. 그리고 사방에서 들려오는 왁자지껄하는 소리—간간이 웃음소리도 터져나왔다—에 귀를 기울이며, 그 말도 안 되는 600만 달러짜리 웨스트우드 주식 매입 건에 대해 생각하고 있었다. 옆자리 사람이 그에게 무언가 물었지만, 그는 생각 없이 건성으로 대답해줬다. 그는 자기가 무슨 말을 하고 있는지조차 모를 만큼, 휴지 조각이나 다름없는 주식에 무려 600만 달러를 쏟아붓는 무모한 투자에 대한 생각으로 머릿속이 가득 차 있었다. 그 모습을 본 한스—키가 크고, 얼굴은 마치 비석에 새겨진 성당기사단 같으며, 붉은 머리카락에, 어떤 기쁨이나 슬픔에도 결코 동요하지 않는 옅은 푸른색 눈동자를 지닌—는 딥스가 지금 근심에 싸여 있음을 간파했다.

한스는 항상 바의 한가운데 자리를 잡고 벽에 등을 기댄 채 앉아 손님이 들어와도 아는 척하지 않았다. 하지만 간혹 단골 손님에게는 고개를 끄덕여 보이기도 했고, 또 그런 손님이 자리를 뜨기 직전에 비밀스럽게 몇 마디를 나누기도 했다. 그는 손님들의 태도를 관찰함으로써 어려움에 처한 사람이 누구인지를 파악했고, 어떤 손님이 정보를 필요로 하는지, 아니면 정보를 흘리고 싶어하는지 알아냈다.

딥스가 평소와 달리 거칠게 칵테일을 벌컥벌컥 마시고—5분 동안 두 잔이나 마셨다—심지어 시가를 거꾸로 물고 불을 붙이려고 끙끙대는 걸 보자, 한스는 미끄러지듯이 딥스에게 다가가 몸을 굽히고 그의 입가에 자기 귀를 바짝 갖다 댔다. 그러자 딥스가 이렇게 속삭였다.

"웨스트우드 석탄?"

한스는 천천히 몸을 일으키면서, 성당기사단을 닮은 특유의 얼굴을 살짝 흔들었다. 이후 딥스가 아무 말이 없자, 한스는 다시 바 한가운데 자리로 돌아가, 역시 근심 중인 또 다른 고객들을 보기 시작했다.

한스가 고개를 젓는 것은 흔치 않은 모습이었다. 그래도 그는 딥스가 원하는 정보를 제대로 전달한 셈이었다. 그건 아직까지 웨스트우드 석탄에 관한 어떤 소문도 월스트리트에 돌지 않았다는 뜻이다. 그렇다면 실제로건 소문으로건, 그 회사에는 별다른 일이 없다는 이야기다. 딥스는 다시 도대체 누가 웨스트우드 주식 따위를 600만 달러어치나 사서 탕진하려고 하는지 곰곰이 생각해보았다.

그는 이 수수께끼를 반드시 풀고 말겠다고 다짐했다. 물론 자기 일과는 직접적인 관계가 없었다. 하지만 그는 고객이 세상 물정을 몰라 그러는 건지, 아니면 웨스트우드 주식이 불과 며칠 혹은 몇 주 내에 깡통주에서 엄청난 가치를 지닌 자산이 될 확실한 근거가 있는지 알고 싶었다. 그는 바텐더 지미에게 맨해튼을 한 잔 더 시키며, 이게 마지막 잔이라고 다짐했다. 술

이 나오자 냉정을 되찾은 그는 시가에 불을 붙인 다음 이 일을 차분하게 되짚어보기 시작했다.

그가 내린 첫 번째 결론은 그 600만 달러가 공연히 날려버릴 돈은 아니라는 점이었다. 어떤 멍청이의 손에 들어가기에는 너무 큰돈이다. 누군가가 그렇게 투자할 만한 이유가 분명히 있을 것이다. 그리고 아직 월스트리트나 한스에게조차 그 소문이 퍼지기 전이다. 이것은 그 정보가 비밀, 오로지 그 투자자만이 알고 있는 비밀이란 뜻이다. 어느 누구와도 상의하지 않고 혼자서 처리하려는 어떤 비밀……

"과연 그게 뭘까?"

이것이 문제였다.

그 회사는 현재 자산이 전혀 없다. 그나마 있는 것도 여러 은행에 담보로 잡혀 있는 상태였다. 자산이라 할 만한 것이 없다 보니, 본래 웨스트우드가 소유한 탄광 두 곳, 미시간 주 서부에 위치한 자동차 공장, 아직 남아 있는 70킬로미터짜리 철도—상당히 오래전부터 롱아일랜드 센트럴 철도회사에 임대하고 있긴 하지만, 그 자체로서는 아무런 수익을 내지 못하는—같은 담보물조차 조만간 은행에 뺏길 지경이다. 그건 이미 소문이 날 대로 나 있다.

혹시 정부계약이라도 딴 건가? 어쩌면 우주개발 계획일지도 모른다. 그래서 누군가가 아예 이 회사를 통째로 사기로 한 건가? 갑자기 뱃속에 들어간 맨해튼 세 잔이 활활 타오르는 듯했다. '그래, 그 가능성밖에는 없어!' 그는 확신했다. 웨스트우드에서 조만간 뭔가 대단한 사업을 벌일 것이 분명했다. 지난 세기의 공룡들 가운데 유일하게 멸종을 면한 이 회사가 결국 재기하려는 것이다!

젊은 바텐더 지미는 딥스가 술값으로 바에 올려놓은 5달러를 집어들면서 농담조로 물었다.

"제가 얼마 전에 보험금을 좀 탔는데, 이걸 어디 투자하는 게 좋을까요, 딥스 씨?"

"웨스트우드 석탄·철도회사."

딥스가 무심코 대꾸했다.

이 말을 들은 지미는 깜짝 놀라더니, 곧 심각한 표정으로 생각에 잠겼다.

글로리아나, 천부적 자질 발견!

글로리아나가 핀으로 콕 찍어서 내린 결정에 따라 600만 달러를 웨스트우드 석탄·철도회사에 투자하자마자, 이 회사는 하루아침에 주식의 대부분을 매입한 그랜드 펜윅 공국의 소유가 되었다. 공국, 그러니까 대공녀는 미처 600만 달러를 다 쓰기도 전에 이 회사의 경영권을 장악할 수 있었다. 조셉 밸치는 회사를 사들이고도 250만 달러가 남자, 남은 돈을 어디에 투자할지 전보를 쳐서 물어보려다가 포기했다. 그랜드 펜윅에는 전보를 바로 보낼 수 없다는 사실을 깨달았기 때문이다. 그는 이렇게 그랜드 펜윅에 대해 잘 알고 있었다.

그랜드 펜윅 공국으로 보내는 전보는 대개 프랑스 파리를 거쳐 마르세유로 간 다음, 거기서 그랜드 펜윅까지는 우편으로 배달되었다. 그랜드 펜윅에는 외국과 연결된 전화선이 하나도 없다. 실은 '껌 자금'이 유입되기 전까지만 해도 외국으로 전화를 걸 필요가 전혀 없었다. 밸치는 지금처럼 비행기로 우편물을 배달하는 시절이라면 항공우편을 보내든 전보를 치든, 그랜드 펜윅까지 가는 속도는 거의 비슷할 것이라고—아니, 어쩌면 항공우편 쪽이 더 빠를 수도 있다고—생각했다. 더군다나 대공녀가 보낸 편지는 항공우편도 아닌 배로 온 일반우편인 것으로 볼 때, 이 일이 그리 급한 사안은 아닐 거라고 판단했다.

밸치는 대공녀에게 보내는 편지에 지시대로 웨스트우드 석탄·철도회사의 지분 71퍼센트를 매입했으며, 이제 대공녀에게 이 회사의 사업에 관여하거나 새로운 경영진 선임을 할 수 있는 권리가 생겼다고 썼다. 또한 현재 회사의 상황은 나빠질 대로 나빠졌기 때문에, 조만간 전반적인 회계감사를 실시해서 그 결과를 대공녀에게 빠른 시일 내에 보내겠다고 썼다.

전하께서 이 회사의 주식을 사셨을 때는 1주당 가격이 2달러 1/8이었습니다만, 그 직후에 가격이 또 떨어져서 지금은 1달러 1/4이 되었습니다.

사실 저는 이렇게 대규모로 주식을 매입하면 시장가가 조금 오르지 않을까 기대했습니다. 하지만 이 회사의 재정 기록 때문인지 그런 반등조차 없더군요. 제 생각에는 투자의 균형을 위해 남은 250만 달러로는 도쿄도 발행 채권을 매입하시는 게 어떨까 싶습니다. 이건 훨씬 안정적이고 8퍼센트에 달하는 높은 수익률을 자랑하니까요.

글로리아나는 편지를 받자 좀 성가신 기분이 들었다. 돈이 남으리라고는 미처 생각지 못했기 때문이다. 그녀의 원래 계획은 휴지 조각이나 마찬가지인 주식을 사들여서 돈을 모조리 써버리는 것이었다. 그래서 그녀는 밸치 씨에게 다음과 같이 답장했다.

그 회사의 주식을 매입하는 데 얼마가 들어도 상관없습니다. 그러니 남은 돈으로 그 회사의 주식을 모조리 구입해주시기 바랍니다. 다음에 편지를 주실 때에는 그 600만 달러 가운데 단 한 푼도 남지 않았으면 좋겠군요.

이제 남은 주식은 회사의 대표가 가진 것뿐이었다. 밸치는 어떻게 해야 그 지분마저 살 수 있을지 곰곰이 생각해보았다. 그래서 이번에는 딥스를 통하지 말고 직접 대표와 만나보기로 했다. 그는 이 거래로 인해 공국이 심각한 재정적 손실을 보게 될 것이라고 판단하여, 나머지 지분을 되도록 싼값에 구입하기로 작정했다. 그래야 손실을 줄이면서도 많은 지분을 확보하는 일석이조의 효과가 날 테니 말이다.

매우 품위 있고 냉철한 정신의 소유자인 그는 하루 종일 전화기 앞에 붙어앉아서 남은 지분을 긁어모으기 시작했다. 몇몇 소액주주에게는 시세보다 비싼 값을 주고 주식을 사기도 했다.

그때부터 웨스트우드의 주가는 조금씩 오르기 시작했다. 마침 웨스트우드의 매각 소식이 알려지고, 우주개발 계획에 대한 소문이 월스트리트에 퍼져나가자 그 주식을 사는 사람이 많아졌다. 설상가상으로 한스 주점에서 딥스가 지미에게 한 말을 우연히 엿들은 몇몇 브로커들이 이에 가세했다.

그리하여 주가는 삽시간에 1/8이 뛰더니, 다음에는 1/4, 그리고 나중에는 무려 1달러 1/8이 뛰어올랐다. 소문은 곧 월스트리트에서 워싱턴으로, 샌프란시스코로, 로스앤젤레스로, 시카고로 퍼져나갔다. 투자가들은 정부 계약 내역을 샅샅이 뒤져보았고, 혹시 이번에 웨스트우드와 중요한 계약을 맺은 것이 있느냐며 NASA에 문의했다. 이윽고 웨스트우드의 주식을 사려는 투기 자금이 유입되었다. 그리하여 불과 2주 만에 웨스트우드의 주가는 무려 두 배로 뛰었고, 모두 사자는 주문이었다. 마침내 존 딥스가 밸치에게 다시 전화를 걸었다.

"웨스트우드 말인데, 내 고객 중 한 분이 자네 고객을 만나 거래를 제안하고 싶다는군."

"그건 불가능하네. 내 고객은 외국인이거든."

밸치가 말했다.

"도대체 누구기에 그러나?"

딥스가 물었다.

"말할 수 있는 입장이 아니라서⋯⋯."

"이것 봐."

딥스가 말을 이었다.

"이건 사실 거품이 아닌가. 피차 아는 건데 뭘 그래. 자네 고객은 그 회사의 주가를 올리려고 하지만, 머지않아 그 게임도 끝나고 말 거야. 내가 행정 부처에 확인해봤는데, 웨스트우드에서 새로운 사업을 시작한다거나, 투자가 있었다는 이야기는 없었어. 솔직히 그런 도박은 월스트리트는 물론이고 산업 전반에 악영향을 끼치는 것 아닌가? 차라리 내 고객과 만나서 무슨 꿍꿍이인지 이야기나 해보는 게 좋지 않겠어? 그러면 거품이 꺼지고 난 뒤에도 뭔가 남을지 모르니까."

"자네 고객은 내 고객이 보유한 주식을 사겠다는 건가?"

창가에 놓인 화분에서 빨갛게 돋아난 제라늄을 바라보며 밸치가 물었다.

"아니. 내 고객은 그 회사의 나머지 주식을 갖고 있는 사람일세. 그래서 지금 무슨 일이 벌어지는 건지 알고 싶은 거야."

딥스가 말했다.

"무슨 일인지는 내가 말해주지. 내가 고객의 의뢰를 받아 상당한 자금을 바탕으로 웨스트우드 주식을 사들였고, 이젠 더이상 살 게 없어 고민이야. 그러니 자네 고객에게 이렇게 전하게. 그 주식을 모조리 우리한테 팔든가, 아니면 주가가 다시 떨어질 때까지 계속 가지고 있으라고. 내 고객이 맡긴 돈은 아직 충분하지만 시장에는 사들일 만한 주식이 없거든."

"돈이 얼마나 있기에 그래?"

딥스가 물었다.

"금액을 정확히 말할 수는 없어. 하지만 분명히 한도는 있지."

밸치는 단호하게 말했다.

"그러니 자네 고객에게 전하게. 주가가 지금처럼 올랐을 때 팔지 않으면, 내 고객은 다음 주 중반쯤에 사둔 주식을 대량으로 내놓기 시작할 거라고 말일세. 그러면 주가는 예전보다 훨씬 빨리 곤두박질할 걸세. 그때는 자네 고객이 주식을 내놓아도 지금보다 낮은 가격에 팔아야 할걸."

"협박처럼 들리는군."

딥스가 말했다.

"맞아, 협박일세."

밸치가 부드럽게 말했다.

"그것도 아주 진지한 협박이지. 눈치챘다니 다행이군."

"자네 고객이라는 사람은 머리가 어떻게 된 거 아닌가? 그 회사가 지금 심각한 상태란 것도 알고, 유형이건 무형이건 자산이 하나도 없다는 것도 알아. 자네는 지난 8년 내내 그 회사의 은행 잔고가 고작 3만 달러였다는 거 알고 있나?"

딥스가 물었다.

"물론 적은 금액이긴 하지. 여하튼 자네 고객에게 좀 전해줘. 주식을 팔 결심이 서면 나한테 전화해달라고."

밸치는 전화를 끊고 나서 웨스트우드의 터무니없이 적은 은행 잔고에 대해 곰곰이 생각해보았다. 그렇게 오랫동안 적자였던데다, 대출금으로 간신히 연명하는 회사이니 놀랄 일도 아니었다.

다음 날 딥스는 다시 밸치에게 전화를 걸어 자기 고객이 웨스트우드 석탄 주식을 주당 4달러 1/4에 모두 매각하고자 한다는 뜻을 전했다. 밸치는 그 주식을 모두 매입했다. 곧이어 글로리아나에게 편지를 써서 이제 웨스트우드 석탄은 완전히 그랜드 펜윅의 소유가 되었으며, 아울러 이번 매입으로 인해 한 푼도 남기지 않고 다 써버렸다고 전했다. 또 그는 현재 진행 중인 회계감사가 끝날 때까지는 기존 경영진이 회사를 계속 운영하도록 했다고 덧붙였다.

그리고 한 주가 지났다. 더 이상 주식을 사겠다는 주문도 없고, 신제품이니 정부 계약이니 하는 소문도 잠잠해지자 웨스트우드의 주가는 다시 떨어지기 시작했다. 그로부터 2주 뒤 「런던 타임스」의 주식시세표를 보던 글로리아나는 웨스트우드 석탄의 주가 하락으로 무려 75만 달러를 날려버렸음을 확인했다. 글로리아나는 무척 신이 났다. 그 신문은 며칠 지난 것으로, 그녀가 웨스트우드의 주식을 모두 사들이고 난 다음 주의 기록이었다. 하지만 두 번째 주에는 주가가 약간 안정세를 보여 아쉽게도 50만 달러밖에 날리지 못했다.

그러다가 세 번째 주에는 정유업계의 파업 여파가 월스트리트를 덮쳤다. 투자가들로서는 기쁘게도 전체 주가가 오르는 바람에 웨스트우드 석탄의 주가 역시 동반 상승했다. 그로 인해 60만 달러의 차익이 생겨나, 지금까지의 손실액을 도리어 깎아먹었다. 하지만 이틀 뒤에 월스트리트가 냉정을 되찾자마자, 웨스트우드 석탄의 주가는 다시 1달러 1/4로 떨어졌다. 그리하여 글로리아나는 이 회사의 소유주가 된 지 불과 4주 만에 450

만 달러를 날려버리는 데 성공했다.

그녀는 무척 뿌듯했다. 자기처럼 겨우 4주 안에 450만 달러라는 거금을 날려버릴 수 있는 사람이 세상에 몇이나 될까 싶었다. 자기가 한 일이라고는 「런던 타임스」의 경제면 기사를 읽고 나서, 편지를 두 통 쓴 것뿐인데 말이다.

일주일에 100만 달러 이상을 팍팍 날려버리는 것도 일종의 천재적 능력이 아닐까 하는 생각에 우쭐해진 대공녀는, 남편 털리와 지금은 야당 지도자지만 여전히 자신에게 충성을 바치는 마운트조이 백작에게 이 사실을 자랑하러 가려고 했다. 바로 그때 밸치 앤드 컴퍼니에서 보낸 항공우편이 도착했다.

봉투가 두툼한 것으로 보아, 안에 종이가 꽤 많이 들어 있는 듯했다. 이 편지는 공국의 국경에서 성까지 배달되는 동안 몇 사람의 손을 거치며 여러 가지 추측을 낳았다. 다들 이 봉투가 유난히 두꺼운데다가 겉에 붙은 우표가 어딘지 다르다는 점에 주목했다. 그리고 그 안에 든 내용이 자기들 모두에게 영향을 끼칠 거라고 어렴풋이나마 짐작하고 있었다.

봉투가 두툼한 이유는 그 안에 무려 50페이지에 달하는 웨스트우드 석탄의 회계감사 결과 보고서가 들어 있기 때문이었다. 보고서 항목에는 실린더블록 같은 기계장치를 비롯해서, 클립과 타자기 같은 사무용품에 이르기까지 회사의 자산이 세세하게 기록되어 있었다. 글로리아나는 보고서를 대강 훑어보면서 은근히 걱정이 되기 시작했다. 공국의 소유가 된 이 회사에 대해 막연하게나마 책임감을 느끼게 된 것이다.

보고서의 맨 앞에는 이 회사의 자산과 부채 내역이 나와 있었다. 글로리아나는 이 대목을 건너뛰었다. 회사의 대차대조표는 결코 정확할 수 없다고 평소 생각해왔기 때문이다. 이런 서류는 늘 동전 한 푼까지 딱 맞아떨어지게 작성되지만, 그게 다 거짓이라는 사실을 알고 있었다. 어느 누구도 그렇게 동전 하나까지 일일이 셀 수는 없는 법이다. 물론 동전 한 푼이라고 해도 분명히 가치가 있는 돈이니 회사는 장부를 완벽하게 맞출 것이다. 그러나 장부를 맞춘 직후, 청소부가 바닥을 청소하다가 6펜스짜리 은화를 하나 주우면 어떻게 될까? 그러면 지금까지 맞춰놓은 장부가 틀리는 것 아닌가?

그녀는 밸치가 동봉한 편지를 펼쳐보았다. 전과 마찬가지로 애써 냉정하게 감정을 억제한 투의 편지였다. 하지만 첫 단락부터 뭔가 의기양양한 듯한 느낌이 엿보였다. 그 이유는 세 번째 단락에 나와 있었다.

전하께서 회계감사 보고서를 확인해보시면 아시겠지만, 저희는 이번 감사 과정에서 웨스트우드 석탄·철도회사가 지금껏 현금을 기반으로 운영되었다는 사실을 알게 되었습니다. 현재 이 회사가 보유한 현금은 1,000만 달러에 달합니다. 전하께서 이 회사를 매입하시는 데 들이신 돈보다 더 많은 금액입니다. 남들은 모두 재정적으로 문제가 있다고 생각한 회사에 이런 노다지가 있음을 꿰뚫어보시다니! 그저 감탄, 또 감탄할 따름입니다.

솔직히 전하께서 이 회사의 주식을 사시겠다고 했을 때, 무척이나 놀랐습니다만, 그 결과 이렇게 현금 400만 달러와 각종 자산을 보유하게 되셨습니다. 물론 자산 대부분은 담보로 잡힌 건물입니다. 그런데 미시간 주 서부에 위치한 이 회사의 자동차 공장에 근무하는 생산기술부장과 논의해본 결과, 색다른 사실을 알아냈습니다. 그의 말로는 1928년형 구식 웨스트우드 자동차 모델을 약 100여 대가량 생산할 부품이 현재 비축되어 있는데, 이걸 조립해서 골동품 시장에 내다 팔면 대당 가격이 6,000달러씩은 될 것이라고 합니다. 결국 순수익만 약 25만 달러가량 될 것으로 예상됩니다.

이 문제를 비롯해서 향후의 일에 대해서도 지시를 내려주시기 바랍니다.

친애하는 조셉 밸치 드림

돈방석 대신 **화단을!**

600만 달러를 내다버리려다가 졸지에 400만 달러를 더 벌어들인 글로리아나는 어찌나 짜증이 났는지 한동안 돈에 대해서는 생각도 하기 싫었다. 물론 밸치에게 답장도 하지 않았다. 그녀는 이 돈을 주식시장에 투자해 모조리 날려버리려던 계획이 실패한 것은 순전히 밸치 탓이라고 생각했다. 웨스트우드 석탄을 사들이기 전에 그 회사의 금고나 서랍을 한 번도 열어보지 않았단 말인가?

하지만 일주일이 지나자 그녀는 자신이 우연한 행운의 희생자가 되었을 뿐이라고 생각하기로 했다. 어느 분야에서건 처음 시작하는 사람들이 뜻밖에 겪는 '초보자의 행운' 말이다. 어쨌든 주식시장에 계속 투자하다 보면, 결국 모조리 잃게 될 거라고 스스로를 위안했다.

그녀의 이런 생각을 간접적으로 지지해준 사람은 마운트조이였다. 그는 종종 대공녀의 사실私室로 찾아와 차를 마셨다. 간혹 털리까지 세 사람이 함께 차를 마시기도 했다. 글로리아나는 백작을 아버지처럼 존경하고 있었다.

"보보 아저씨."

그녀는 어느 날 차를 마시면서 이렇게 물었다.

"도대체 '지분'이라는 게 뭐죠? 왜, 사람들이 흔히 '지분을 사들인다'라고 하잖아요. 그건 무슨 뜻이에요?"

"그건 어느 회사의 주식 지분을 사들인다는 뜻입니다."

찻잔에서 올라오는 향긋한 냄새를 즐겁게 맡으며 마운트조이가 대답했다. 그러면서 속으로 생각했다. '다르질링 산이로군. 그것도 12월에 수확한 것이고.' 다르질링 산 홍차는 그 시기에 수확한 것이 가장 우수했다. 그래서 백작은 그 오묘한 맛을 느낄 수 있도록 설탕을 아주 조금만 넣었다.

"물에 따라 조금 다르긴 하지만, 5분 정도가 가장 적당합니다."

그가 차를 한 모금 마시고 나서 갑자기 말했다.

"5분이 최고라고 감히 말하겠습니다."

"뭐가 5분이에요?"

글로리아나가 물었다.

"찻잎을 더운물에 넣고 우려내는 시간 말입니다."

마운트조이가 말했다.

"화학자들은 3분이 적당하다고 주장하시만, 그긴 홍차 속의

타닌과 카페인 성분 때문에 하는 말이죠. 저는 5분이 더 훌륭하다고 봅니다."

"고마워요, 보보 아저씨."

글로리아나가 말했다. 백작은 와인과 홍차에 조예가 깊었다. 그는 이 두 가지 사이에 어떤 평행 관계가 있다고도 했다.

"아까 주식 이야기를 하셨죠, 전하?"

마운트조이가 원래 주제로 돌아왔다.

"아, 그래요."

글로리아나가 말했다.

"그게, 그러니까…… 이제는 그런 것도 좀 알아야 하지 않나 하는 생각이 들어서요. 그런데 주식은 뭐고, 지분은 뭐고, 채권은 뭔지, 말이 다 엇비슷해서 잘 모르겠더라고요."

"주식과 지분은 같은 말입니다."

마운트조이가 말했다.

"전하께서 어떤 회사의 주식을 보유하고 계시다면, 그 회사를 일부분 소유하신 셈입니다. 전하께서 그 회사의 주식을 모두 보유하신다면, 그 회사는 전하의 것이죠. 주식을 가지면 수익이건 손실이건 회사 재산에 대한 지분을 보유하게 됩니다. 그러므로 전하는 회사의 경영진을 선출하는 데 참여할 권리도 갖게 되지요."

"그런가요? 저는 지금까지 사장이나 이사회가 회사를 소유하는 줄 알았는데요."

"그건 아닙니다, 전하."

마운트조이가 말했다.

"한 나라의 수상이나 의회에 모인 대표자들이 나라의 소유자가 아닌 것과 마찬가지입니다. 그들은 관리인일 뿐이지요. 물론 이사회에 회사 지분을 가진 사람이 있다면, 전하와 마찬가지로 부분적인 소유주라고 할 수 있겠지만 말입니다."

"그러면 채권은요? 그건 또 뭐예요?"

글로리아나가 물었다.

"채권도 주식과 비슷합니다. 다만, 채권을 갖고 있어도 그것을 발행한 회사에 대한 소유권은 전혀 없습니다. 채권을 구입한다는 것은, 말하자면 어떤 회사나 정부에 돈을 빌려주고 일정 기간 뒤에 그 액면가를 돌려받는 것입니다. 그 기간에는 고정된 이율로 이자를 받습니다. 채권은 주식보다 훨씬 안전합니다. 최소한의 이율은 보장되고, 만기가 되면 반드시 돈이 지급되기 때문이죠. 하지만 채권은 수익률이 그리 높지 않고, 통화 가치가 떨어지기라도 하면 손해를 볼 수도 있습니다."

"채권이 주식보다 안전하다는 말씀이시죠? 그러니까 '투자'에서는요."

"그렇습니다."

마운트조이가 말했다.

"주식에서는 우선주가 보통주보다 더 안전하고요."

"그건 또 뭔가요?"

대공녀가 물었다.

"주식 중에도 채권처럼 이율이 정해져 있는 게 있습니다. 그렇다고 채권처럼 단순히 돈을 빌려주는 것은 아니고, 회사에 투자하는 돈이긴 합니다. 하지만 우선주를 지닌 고객에게는 배당금이 제한되어 있습니다. 이익이 생기면 보통주를 지닌 고객보다 먼저 배당금을 받을 수 있고요."

"그러면 주식 중에서 가장 위험한 것은 보통주라는 말씀이시네요?"

"그렇습니다. 특별한 지식도 없이 보통주에 투자하는 것은 도박이나 마찬가지입니다. 전하께서도 아시다시피, 도박판에서는 전문 도박사들이나 돈을 따게 마련이지 않습니까. 때로는 그들도 돈을 잃기도 하고요."

"고마워요, 보보 아저씨."

글로리아나가 말했다.

"밀페이유 하나 더 드세요. 무척 맛있더라고요. 빌뢰르반 시장 건너편에 있는 조그마한 빵집에서 산 거예요."

평소에는 빈틈없는 마운트조이지만, 글로리나가 '껌 자금'을 주식에 투자해 날려버리려는 의도로 이런 질문을 했으리라고는 꿈에도 생각지 못하고 있었다. 평생에 걸쳐 형성된 특유의 사고방식으로 인해, 그런 결론에는 결코 도달하지 못한 것이다.

사람들은 돈을 '벌기' 위해 주식시장에 투자한다는 것이 그가 가진 확고한 생각이다. 그러므로 돈을 '잃기' 위해 투자한다는 생각이 그의 머릿속에 떠오를 리 없었다. 비록 그가 '껌 자금'을 '모두 없애버리는' 책임을 글로리아나에게 전가하긴 했지만, 그건 돈의 위험성을 중화하기 위해서였다. 정치적 이해관계에서 떨어져 있는 대공녀에게 맡겨서, 그 돈이 공국의 정치·경제에 미칠 파장을 없애버리려 했을 뿐이었다.

백작은 돈을 대공녀에게 맡겨서 위험성이 확실히 낮아졌다고 믿고 있었다. 하지만 이 훌륭한 해결책을 스스로 생각한 게 아니라는 사실은 유감이었다. 한 세대 전에도 왕실에 의탁해서 커다란 경제적 위기를 넘긴 사례가 있었다. 당시 문제의 원인은 컬리넌 다이아몬드로, 사람 주먹만 한 최상급 원석이었다. 어찌나 컸는지, 그 원석을 자잘하게 잘라서 팔면 세계 다이아몬드 시세가 폭락할 것이 분명했다. 그렇다고 원석 그대로 판매하자니, 값을 매길 수도 없는 물건이라서 살 사람이 없어 보였다.

세계 다이아몬드 시세에 영향을 주지 않고 그 물건을 처분할 방법은, 당시 영국 왕이었던 에드워드 7세에게 바치는 것뿐이었다. 영국 왕실은 트란스발 정부로부터 받은 이 원석을 9개의 커다란 다이아몬드로 가공했다. 현재 그 보석은 영국 왕실 소유로 왕관과 홀笏에 장식됨으로써,[†] 다이아몬드 시세에 영향을 주는 것은 피할 수 있었다.

이와 마찬가지로 그랜드 펜윅에 유입된 '껌 자금' 역시 대공녀에게 위탁함으로써 공국의 경제를 시킬 수 있었다. 물론 껌 공장이 문을 닫게 될 9년 후까지 그 돈이 남아 있을 수도, 원치 않은 수익이 계속 생길 수도 있긴 하지만 말이다.

대공녀는 마운트조이 백작에게 들은 짧은 주식 강의를 통해,

미국에 뉴욕 증권거래소 말고도 수많은 증권거래소가 있다는 사실을 알고 깜짝 놀랐다. 그리고 드디어 본격적으로 돈을 몽땅 날려버릴 수 있겠다는 자신감을 얻었다. 그녀는 즉시 미국에 있는 모든 증권거래소의 이름과 미국 내에서 거래되는 주식 목록을 보내달라는 편지를 밸치에게 띄웠다. 그녀는 뉴욕 증권거래소에 상장도 되지 않은 작은 회사의 주식을 왕창 사들여서 돈 문제와는 영영 작별을 고하고자 했다.

편지를 봉투에 넣기 직전, 글로리아나의 머리에 기가 막힌 생각이 떠올랐다. 그녀는 원예를 좋아해서 봄에 심을 새로운 종자와 구근을 사려고 매년 가을과 겨울에 저축을 했다. 최근에는 세상에서 가장 아름답다는 장미 품종이 미국에서 개발되어 특허를 받았다는 소식을 들었다. 상상을 뛰어넘을 만큼 멋진 붓꽃과 퓨셔도 있었다. 그녀는 이런 꽃들을 무척 좋아했지만 돈이 부족하다 보니 매년 새 종자를 사들일 때마다 전전긍긍했다.

그런데 생각해보니 더 이상 그런 고민을 할 필요가 없었다. 이제 미국에서 새로 개발되는 온갖 장미를 성 주위에 가득 심을 수 있다. 붓꽃과 퓨셔로 화단을 넓게 가꿀 수도 있다. 그녀는 이 돈을 개인적인 용도로 써도 괜찮을지 잠시 고민했다. 하지만 자기가 해야 할 일은 돈을 어떻게든 써버리는 일이니, 수단 방

† 컬리넌 다이아몬드는 1905년에 남아프리카공화국에서 채굴한 사상 최대의 다이아몬드 원석으로 무려 3,106 캐럿에 달한다. 본래 네덜란드 식민지였다가 보어 전쟁으로 인해 영국 식민지로 합병된 트란스발 공화국에서 이 원석을 75만 달러에 구입해 영국의 에드워드 7세에게 바쳤다. 이 원석은 1908년에 이르러 대형 다이아몬드 9개와 소형 다이아몬드 96개로 가공되었다.

법을 가리지 말아야겠다고 다짐했다. 펜윅 성 주위에 장미꽃 정원이 생겨난다면 그랜드 펜윅 국민들도 모두 좋아할 게 아닌 가.

글로리아나는 미국 증권거래소에 대한 정보를 달라는 편지에, 종자와 장미 등 꽃에 대한 카탈로그를 구해서 함께 보내달라고 덧붙였다. 그다음, 자기는 웨스트우드 석탄·철도회사의 운영에는 전혀 간섭하고 싶지 않다는 말도 잊지 않았다.

그 회사는 전과 똑같이 적자를 내며 굴러갔으면 좋겠습니다.

이젠 그 회사에 대한 관심이 없어졌거든요. 혹시 사겠다는 사람이 있으면, 제 주식을 모두 파셔도 무방합니다.

미국 증권계의 큰손, **테드 홀렉**

　그랜드 펜윅에서 한참 떨어진 로스앤젤레스의 한 건물. 테드 홀렉은 18층에 있는 자신의 사무실에서 선셋 가街에 늘어선 자동차 행렬을 내려다보고 있었다. 그의 본업은 주식 브로커. 그 중에서도 별나다고 할 정도로 강한 기질을 가진 사람이었다. 그는 '머스코비 사'†라든지, '허드슨스베이 사'—보다 정확히 말하자면 '허드슨 만灣에서 무역업을 벌인 영국 관료 및 모험가들의 회사'—같은 회사의 주식을 맨 처음 구입한 사람들에게서나 찾아볼 수 있을 충만한 모험심의 소유자였다. 테드 홀렉은 이 나라에서 체면과 안전과 예견이 미덕으로 여겨지기—그것은 이런 모험가들에겐 충격적인 일이었다—전에 살았던 초창기 미국인과 비슷한 모험

가다.

† '모스크바 회사'라는 뜻으로, 1555년에 러시아와의
무역 및 북동항로 개척을 위해 영국에서 설립되었다.

테드 홀렉은 대니얼 분† 처럼 머리를 길렀고, 양쪽 입가까지 짙고 곱슬곱슬한 구레나룻을 길렀다. 눈썹은 어찌나 숱이 많은지 매일 아침마다 빗질을 해야 했다. 얼굴은 한때 에릭 길†† 이 만든 조각품처럼, 혹은 요즘 나오는 포크 가수들의 얼굴처럼, 극히 엄숙해보였다. 그는 검은색 터틀넥 스웨터를 입고, 그 위에 옷깃이 없는 풀색 코르덴 싱글버튼 재킷을 걸쳤다. 바지 역시 검은색이었고, 발목 부근에 약간 여유를 준 것 외에는 전체적으로 몸에 달라붙는 차림이었다. 바지 끝은 고리로 되어 있어서, 신발을 신으면 밑단이 딱 들어갔다. 그리고 늘 카우보이 부츠를 신고 다녔다.

그는 잘생기고, 강인하고, 미혼에다, 갓 서른이 된 젊은이였지만, 그가 얼른 죽기를 기도하는—매일매일은 아니어도 기도할 때는 절대 잊지 않는—사람들이 미국에 수천 명이나 있었다. 그들은 미국 교도소 형편이 나아지기 전에 테드 홀렉에게 반드시 끔찍한 고통을 맛보게 해주고 싶었다. 물론 사람들이 이렇게 간절히 기도하는 데에는 이유가 있었다

테드 홀렉으로 말하자면, 이 세상에 태어나 살아온 햇수보다도 무능한 경영자들에게 사들인 회사 개수가 더 많은 인물이었다. 사람들 눈에 보이는 테드 홀렉은 탐스럽게 살진 가축 무리 가운데에서 어슬렁거리는 한 마리 늑대나 마찬가지였다. 그는 깡패이고, 불량배이며, 원리원칙이라곤 모르는 크로마뇽인인데다가, 킹코브라처럼 싸늘한 가슴의 소유자였다. 하지만 이것은 어디까지나 희생자들의 눈에 비친 모습이었다. 테드 덕분에 큰

이익을 얻은 사람도 있었다. 다 망해가던 회사가 갑작스럽게 일어나서 이익을 본 주주들 말이다. 기껏 구식 펌프나, 자동차 부품, 문 경첩 같은 것을 만드는 회사의 경영자들은 테드 홀렉의 활약에 힘입어 업계의 리더로 급부상했다. 주식이 급격히 늘어나고, 심지어 자신의 이름이 종종 「타임」지의 경제면에 작게나마 올라가는 감격을 맛보고 있었다.

홀렉이 상법商法을 공부한 학교는 월스트리트와 백이스트 식 학풍이 주조인 하버드 대학이 아니라, 똑같은 법을 가르쳐도 어딘가 할리우드풍의 재미와 흥분이 있는 UCLA였다. 그는 학생에게 공부보다도 주위 환경이 더 중요할 수 있다는 주장의 산 증거나 마찬가지였다. 학창시절 내내 새롭거나 과감한 것이라면 어디에든 달려들어 거침없이 돈을 쓰는, LA 서부지역 특유의 아찔할 만큼 흥청망청하는 광경을 봐왔고 그 영향을 받은 까닭이다.

그의 법학 공부 역시 미국 서부의 작열하는 햇살과 영화와 서프보드와 부동산 개발에 큰 영향을 받았다. 그는 다음과 같은 위대한 변호사들의 신조를 일찌감치 깨달은 사람이기도 했다.

"법정에 들어서는 순간, 법은 단지 법일 뿐이다. 중요한 문제는 배심원을 어떻게 요리하느냐이다."

정부를 상대로 하는 사건은 예외였다. 이때 유죄가 인정된다면, 현실적인 방어책은 오심誤審으로 몰아가는 것뿐이다. 실제로 오심판정을 받

† 대니얼 분(1734-1820) 미국 초창기의 탐험가. 오늘날의 켄터키 주 일대를 개척한 인물로 유명하다.
†† 에릭 길(1882-1940) 영국의 조각가 겸 타이포그래퍼.

을 확률은 30퍼센트 정도밖에 안 되지만, 승산이 3분의 1밖에 안 된다고 움츠러들 테드 홀렉이 아니었다.

이 남자는 지금, 저 아래 선셋 가에서 흘러가는 자동차들의 빠른 물결―히피와 그 후예들을 비롯해, 영화제작자, 배우, 에이전트, 부동산 개발업자, 건설업계의 큰손들, 사무직, 웨이터, 요리사, 배우 지망생 등등 하나같이 다른 사람들을 즐겁게, 바람을 피해 한가로이 살게, 옷 입게, 먹게 해주는 사람들이었다―을 바라보며 선라이즈 스페이스 사의 세금 문제를 곰곰이 생각하고 있었다. 선라이즈의 수익은 올 1/4분기에만 3,500만 달러나 감소했다. 회사가 지난 18개월 동안 시장조사를 소홀히 한 까닭에, 2/4분기 전망 역시 좋지 않았다. 물론 지금 한창 진행 중인 조사도 있었지만, 그 결과는 내년에나 적용 가능하기 때문에 현재 실적에는 반영되지 않을 것이다.

그는 선라이즈가 어떻게 해야 이 궁지를 벗어날 수 있을지 알고 있었다. 우선 고위경영자 가운데 절반을 해고해야 한다. 수익이 가장 좋을 때를 기다렸다가 자산을 모두 매각해가면서 3,500만 달러의 손실을 메우는 것은 적절한 해결책이 아니기 때문이다. 하지만 경영진 절반이 해고되었다는 소문이 나면 주가에 악영향을 미칠 것이고, 그렇게 되면 수천 명이나 되는 주주들이 분노에 차 언성을 높일 게 분명하니, 이 문제는 조용히 처리해야만 한다.

그는 선라이즈 스페이스와 합병할 만한 부실기업이 있는지 물색해보기로 했다. 지난 몇 년 동안 수익을 내지 못하고 대규모 세금공제 혜택을 받은 부실기업을 찾아내 합병한다면, 선라이즈 스페이스 역시 덩달아 세금공제를 받을 것이다. 그러면 수익이 증가한 것이나 다름없는 효과를 얻을 수 있다.

그는 사무실을 둘러보았다. 고맙게도 어느 것 하나 세금공제 혜택을 받지 않은 것이 없었다. 벽에 걸린 루오†의 그림은 사실 하나도 마음에 들지 않았다. 오죽하면 보험도 들어놓지 않았을까. 그런데 한편으로는 그래야 이 그림을 진짜 도둑맞았을 때 받을 미보험 손실물에 대한 환급금이 막대한 시가만큼이나 커지기도 한다.

선라이즈 스페이스와의 합병 대상을 고르기는 그리 어렵지 않았다. 같은 업종에서 일하는 다른 사람들처럼, 홀렉 역시 최근 실적이 부진해서 세금공제 혜택을 받을 가능성이 높은 회사 이름을 20개 정도 꿰고 있었다. 그는 이런 경우에 석유회사가 유리하다는 사실을 알고 있었다. 개인적으로는 림록 석유회사를 가장 좋아했다. 림록은 무려 서른다섯 번을 허탕 친 끝에 겨우 유정 하나를 발견해 석유시추에 성공한 회사로, 대개 다섯 번에 한 번은 시추에 성공하는 다른 석유회사들에게 동정과 존경의 대상이었다.

림록은 앞으로 여섯 군데 정도 유정을 더 발견하기 전까지는 한 푼도 세금을 낼 필요가 없었다. 그래서 관련 당국의 골칫거리이기도 했다. 한 가지 문제는 선라이즈 스페이스의 계열사 가운데 석유회사가 이미 세

개나 있기 때문에, 같은 분   † 조르주 루오(1871-1958) 프랑스의 화가.

야의 회사인 림록과 곧장 합병을 시도하면 정부의 독점금지법에 의해 제재를 받을 수도 있다는 점이었다.

선라이즈 스페이스 사 산하에는 황黃과 납鉛을 생산하는 탄광회사 몇 개와 장난감 제조회사 두 개 외에도 제약회사, 방직회사, 냉동회사, 영화제작사, 영화배급사, 영화관 체인, 출판사, 삼류 신문사, 펄프회사, 유통회사, 항공사, 그리고 LA와 보스턴에 나이트클럽이 하나씩 있었다. 이들 회사의 자본평가액은 100억 달러에 달하지만, 어마어마한 투자를 했는데도 수익이 감소해 수백만 달러의 세금공제 혜택이 필요한 상황이었다.

테드 홀렉은 선라이스 소속 세금 전문가들이 이미 가능한 모든 세금 감면 방법을 총동원하고 있다는 사실을 알고 있었다. 지금 그 문제가 자신에게로 넘어오자, 1,000만 달러에 달하는 세금공제 혜택을 받을 수 있는 방안을 추진하기로 결심한 것이다.

홀렉은 주식시장에서 어떻게 행동할지 결정하는 데 글로리아 나처럼 핀을 쓰지는 않았다. 대신 컴퓨터를 사용했다. 그는 컴퓨터를 사용한 주가예측의 선구자 중 한 사람이었다. 자신이 생각하는 회사의 코드만 입력하면 향후 수익이나 손실 예상치가 바로 출력되었다. 다행스럽게도 아직까진 컴퓨터의 예측이 정확히 맞아떨어지고 있었다. 그는 인터폰을 누르고 이렇게 말했다.

"부실기업 목록을 모조리 씽크탱크에 입력하라고 짐에게 전해줘. 림록 석유, 지글러 유리·수지, 트웬티 임업, 아이징글래스 스크린 등등 말이야. 나머지는 짐이 잘 알고 있을 거야. 아,

그렇지. 웨스트우드 석탄도 빼먹지 말라고 해. 나도 알아. 생각 외로 한동안 주가가 좀 오르긴 했지만, 아마 어떤 머리 좋은 친구가 장난 좀 친 걸 거야. 하여간 지난 10년 동안 최악이었던 순서대로 뽑아줘. 얼마나 걸리겠어? 내일 오후? 이런, 몇 시간 내로는 안 돼? 이봐, 지금 거기 돈이 달려 있다고, 돈이. 그것도 1,000만 달러란 말이야. 내일이면 어떻게 될지 모른다고!"

그는 인터폰을 끄고 나서 주간지인 「블런츠 파이낸셜 인텔리전서」를 집어들었다. 이미 2주나 지난 것이긴 했지만, 누군가가 가져다주면서 기사 가운데 하나를 읽어보라고 했다. 그는 잡지를 뒤적이다가 붉은색 연필로 표시되어 있는 기사를 발견했다. 내용은 이러했다.

황금 알을 낳는 껌

최근 뉴욕 주식시장에서 선풍을 일으키는 회사는 단연 빅스터 제과다. 이 회사는 지난 몇 년간 적자를 기록하다가 현재 대단한 수익을 올리고 있으며, 향후 전망도 아주 밝다. 와인 맛 껌을 생산하고 있는 이 회사의 최대 주주는 그랜드 펜윅 공국이다. 현재 주가는 보통주가 약 8달러 1/4이며, 작년에 비해 5포인트가 오른 상태다. 이 회사의 매출 증가는 최근의 금연 운동과, TV를 중심으로 한 전국적인 광고에 기인한 바 크다.

'빅스터 제과라……' 그는 곰곰이 생각했다. 훔쳐 먹기 딱 좋은 자두만 한 회사였다. 이 정도면 선라이즈 스페이스 사 계열로 끌어들이거나, 헤이스팅스 사에 팔아넘기거나, 그것도 아니면 간만에 몸을 푸는 데 활용할 수도 있을 것 같았다. 브로커로 벌어들이는 돈도 충분하긴 했지만, 테드 홀렉은 간혹 순전히 즐거움을 위해 일하기도 했다. 그는 인터폰을 눌러 빅스터 제과에 대한 자료도 함께 정리해 보내라고 지시했다.

자신의 지정석이 있는 시내의 한 음식점에서 점심식사를 마치고 돌아왔을 때, 책상 위에는 빅스터 제과에 대한 상세한 자료와 함께, 씽크탱크에서 나온 여러 회사들 가운데 손실이 계속 이어질 가능성이 가장 높은 곳으로 꼽힌 웨스트우드 석탄에 대한 자료가 놓여 있었다.

홀렉은 두 회사에 대한 자료를 꼼꼼히 읽어보았다. 그야말로 중요한 순간이었다. 상선을 습격하기 직전의 해적선 선장같이, 그는 바람의 방향과 조류의 형세를 고려해서 지금 당장 공격할지, 아니면 날씨가 유리한 쪽으로 바뀔 때까지 기다릴지를 결정해야 했다. 지금 당장 공격한다면? 어떤 공격 방법을 택할지 정해야 한다.

빅스터 제과와 웨스트우드 석탄의 합병을 성사시킬 수만 있다면, 전자의 회사에 어마어마한 세금공제 혜택이 있을 것이다. 또는 헤이스팅스 사에 제안해 껌 회사의 주식을 다량 매입함으로써 수익을 차지하게 하거나, 선라이즈 스페이스를 위해 웨스트우드 석탄을 인수함으로써 세금공제 혜택을 받을 수도 있다. 자료에 따르면 빅스터의 재정상태는 무척이나 건전했다. 대출금도 없고, 설비 가운데 담보로 잡힌 것도 전혀 없었다. 그 회사를 매입하기 위해 대출을 받는 것은 어렵지 않다. 담보는 매입이 끝난 뒤에 그 회사의 주식으로 대체하면 그만이다. 굳이 매입할 필요가 없다면 대출받을 필요도 없고, 결국 아무도 손해 보지 않을 것이다. 빅스터 하나쯤 매입하는 데는 홀렉 혼자만의 힘으로도 충분했다.

제일 좋은 계획은 웨스트우드 석탄과 빅스터 제과 양쪽의 주식을 최대한 매입하는 것이다. 그다음에 지배주주로서 두 회사를 합병하면 된다. 그러면 웨스트우드의 손실로 인해 세금이 공제되는 동시에, 빅스터의 수익으로 막대한 이익을 보게 될 것이다.

그는 두 회사의 대차대조표와, 매년 주주들에게 발송하는 사업보고서를 들여다보다가, 문득 순금 샤프펜슬을 꺼내서 서류의 맨 위에 십자가를 작게 그려 넣었다. 그러고는 금빛으로 반짝이는 얇고 푸르스름한 종이를 한 묶음 꺼내 그 위에 뭔가를 적기 시작했다.

그는 기업에 적용되는 세법税法을 속속들이 알고 있었다. 12세기부터 중국에서 사용하던 주판을 직접 놓아가며 20여 분 동안 진지하고도 집중적으로 계산에 몰두한 결과, 그는 매우 만족스러운 결과를 뽑아낼 수 있었다. 웨스트우드 석탄의 주식 51퍼센트를 매입하는 데 드는 비용은 약 300만 달러이고, 빅스터 제과의 주식 51퍼센트를 매입하는 데 드는 비용은 잘만 하면—그는 이런 일에 전문가였다—1,200만 달러 정도에 가능할 듯했다. 그러면 총 경비 1,500만 달러로 자신이—혹은 그가 조직한 신디케이트가—두 회사의 지배주주가 되어 합병을 유도할 수 있을 것이다. 합병은 주식을 맞교환하는 것이니 추가비용이 들지 않고, 그로 인해 무려 1,700만 달러의 세금공제 혜택—10여 년 넘게 이어진 웨스트우드 석탄의 적자로 인해 자연스럽게 발생한 권리인—을 받을 수 있다. 이는 단순한 세금공제를 넘어, 빅스터 제과의 수익에 대한 세금을 크게 감면해주는 조치로 이어질 것이다.

의기양양해진 테드 홀렉은 사무실 한쪽 구석으로 갔다. 그는 사무실 분위기와 어울리지 않는 앤티크 옷걸이에서 색색으로 수놓아진 태모샌터†를 꺼낸 다음, 엘리베이터를 타고 어딘지 여성스러운 취향의 로비로 내려갔다. 그리고 화려하게 번쩍이는 거리로 나서서 조금 걷다가 왼쪽으로 꺾어 호다쿠 은행·신용회사를 지나쳐 '골든 라이온'이라는 영국식 주점에 들어섰다. 이 주점은 뉴욕 월스트리트에 있는 한스 주점과 외관상으로는 전혀 달랐지만 거의 같은 기능을 하고 있었다. 그곳의 바에는 아무도 서 있을 수 없었다. 하긴 마티니 한 잔의 양이 얼마나 많은지, 그걸 마신 다음에는 서 있고 싶어도 그럴 수가 없었다. 손님들은 검게 그을린 참나무에 진홍색 가죽을 덧대서 만든 테이블에 앉아 있었다.

사방 벽에는 사냥 장면을 묘사한, 크룩생크††와 비슷한 화풍의 그림이 걸려 있었다. 바닥은 검은색과 흰색이 어우러진 사각형 모조 대리석이었고, 그 위에 깔려 있는 톱밥 비슷한 것 역시 플라스틱으로 만든 가짜다. 곳곳에 침을 뱉는 타구唾具가 있었는데, 이것은 미국인과 달리 평소 길거리에서도 침을 뱉지 않는 영국인을 위한 주인의 특별 배려였다. 바의 위쪽에는 여우 머리 박제가 달려 있었다. 여우는 사람들에게 잡히던 순간 취했을 것 같은 경악의 표정을 보여주고 있었다. 뉴욕에 있는 한스 주점은 바 주위의 좌석에 주식 브로커 회사의 몇몇 인물들만 앉을 수 있었다. 골든 라이온의 경우에도 특정 고객들만을 위해 마련된 좌석이 있었지만, 그렇다고 항상 브로커들만 상대하는 것은 아니었다. 주점이 위치한 LA의 특성상, 그곳에 앉을 수 있는 자격은 손님의 재력에 달려 있었다. 테드 홀렉은 여기에도 지정석을 하나 갖고 있었다.

그가 자리에 앉자, 영국인 마부를 어설프게 본뜬 옷을 입은 멕시코 출신의 바텐더 찰리가 다가왔다.

"늘 드시던 걸로요?"

찰리가 물었다.

"그래."

홀렉이 말했다.

"오늘도 돈 많이 버셨어요, 사장님?"

찰리가 마티니를 갖다 주면서 물었다. 골든 라이온의 주인은 손님과 종업원 사이에 오가는 이런 친숙한 대화를 권장하는 편이었다.

† 스코틀랜드 사람들이 쓰는 베레모의 일종.
†† 조지 크룩섕크(1792-1878) 영국의 만화가 겸 삽화가. 정치풍자 만화로 큰 인기를 누렸다.

"음, 글쎄. 한 200만 달러쯤? 조금 더 될 수도 있고."

"200만 달러나요?"

찰리가 따라했다.

"겨우 하루 만에요?"

"음, 거기까지만 말하지."

홀렉이 말했다. 그는 몇몇 사람들이 자기를 쳐다보는 것을 눈치 챘다.

"우아, 〈바람과 함께 사라지다〉가 일주일 동안 벌어들인 입장료보다 많네요."

"영화야 애들 장난이지."

홀렉이 약간 우쭐해져서 말했다.

"큰돈은 어른들이 하는 사업에서 나온다고. 철강, 플라스틱, 철도, 그리고 껌 같은 것 말이야. 그 속에 로맨스는 없지만 재미는 더하지."

"껌이라고요?"

찰리가 물었다.

"그래."

찰리는 홀렉의 짧은 대답이 더 이상은 말하기 싫다는 뜻임을 간파했다. 그는 바 뒤로 가서 방금 홀렉과 나눈 이야기에 대해 곰곰이 생각해보았다. 지금 미국 서부에서 한창 잘나가는 거물급 주식 브로커가 껌에 관심을 갖고 있다니. 물론 철강, 플라스틱, 철도 이야기도 하긴 했지만, 그런 종목들은 주식 브로커에게 일반적인 분야였다. 그렇다. 테드 홀렉은 지금 분명히 껌에 관심을 가지고 있다. 누군가에게 이러한 정보를 넘겨주면 최소한 10달러 정도는 받을 거라고 찰리는 생각했다. 그날 밤, LA 골든 라이온 주점의 찰리는 뉴욕 한스 주점의 지미에게 다음과 같은 편지를 보냈다.

테드 홀렉이 껌에 관심이 있다는 소문이 이 동네에 파다해. 너도 그 사람 알지? 요즘 제일 잘나가는 친구야. 이 정보로 20달러라도 받으면 절반은 나한테 보내야 해.

친애하는 찰리

편지를 받은 지미는 이 정보를 곧바로 한스에게 알려주었다. 마침 한스가 껌 회사의 보통주를 제법 갖고 있었기 때문이다. 그로부터 4일 뒤에 빅스터 제과회사의 주가가 조금씩 오르기 시작하더니, LA의 어느 신디케이트가 이 회사를 매입하려 한다는 소문과 함께 2포인트나 상승했다. 그러자 한스는 자신이 보유한 주식을 팔아 차익을 챙긴 다음, 지미에게 20달러를 주었다.

지미는 약속대로 그중 10달러를 골든 라이온에 있는 친구에게 보내면서, 오늘따라 뉴욕의 날씨가 쌀쌀하다는 이야기를 무심코 덧붙였다.

찰리는 이건 또 무슨 비밀 정보인가 싶어 어리둥절해하다가,

이후 손님 몇 명에게 지금 뉴욕에는 스키 장비 관련 업종이 불티나게 팔린다고 귀띔해주었다. 그가 생각할 수 있는 것이라곤 그게 전부였다.

거대 복합기업 피노 프로덕션의 탄생

주식시장에서 치고 빠지기의 예술가라 할 만한 홀렉은 큰 어려움 없이 빅스터 제과와 웨스트우드 석탄의 주식을 대량 매입했다. 이 정도 실력이면 곤히 자는 사람의 베개 밑 서류도 감쪽같이 빼낼 거라는, 제법 진실에 가까운 소문이 나돌 정도였다.

그는 여기저기 전화를 걸고 전보를 보냈고, 이곳저곳 돌아다니며 교묘하게 소문을 심어두었으며—사실 그가 골든 라이온에 찾아간 것도 수천만 달러가 걸린 거래에 투자자들의 기대를 불러일으키기 위해서였다—「뉴스위크」의 경제 칼럼에 한마디를 보태고, 「플레이보이」에 막대 껌을 입에 물고 있는 사진을 실었다. 그러면서 친구들에게는 자신이 회사 주식을 직접 매입하는 일은 결코 없다며 딱 잡아뗐다. 이 모든 것은 홀렉이 두 회사를 손에 넣기 위한 준비 과정의 일부에 불과했으며, 그와 같은 거물에겐 그리 어려운 일도 아니었다.

　물론 두 회사의 지분 보유자들 명단을 확보하여 그들에게 일일이 연락해서 의향을 물어보고, 목적을 이룬 다음에는 그들이 합병에 찬성하거나 경영진을 퇴진시키는 데 동의하도록 분위기를 조성하는 방법도 있다. 하지만 홀렉은 그런 방법을 좋아하지 않았다. 남을 귀찮게 하는 것은 그의 성격에 맞지 않았다. 지금처럼 상호적이고 침투적인 커뮤니케이션의 시대에는 역시나 상호적이고 침투적인 방법으로 소문을 퍼뜨리는 것이 상책이었다. 사실이건 거짓이건 간에, 소문은 곧바로 소비와 자금 흐름에 영향을 주게 마련이다. 그는 한 번에 수십, 수천 주씩 사들였다. 때로는 자신이 특정 회사 주식을 매입 중이라는 사실을 감추기 위해, 전혀 상관없는 회사의 주식을 매입하는 데 노골적으로 나서기도 했다. 군사 전략을 공부한 적은 없지만, 본능적으로 전투의 주요 원칙을 습득하고 있었고, 그 가운데서도 공격은 강하게, 재빠르게, 그리고 예상치 못한 순간에 하라는—이것이야말로 가장 중요했다—원칙을 고수했다.

　그는 그렇게 별 어려움 없이 웨스트우드 석탄회사의 경영권을 확보했다. 때는 마침 글로리아나가 밸치에게 주식을 팔라고 지시한 다음이기도 했다. 밸치가 주식을 시장에 내놓자마자, 홀렉의 신디케이트는 주당 5달러 1/2씩 단숨에 51퍼센트를 매입했고, 이후 홀렉의 이름값 덕분에 주가가 하루 만에 7달러로 상승했다가 6달러 1/4 선에서 안정되었다.

　빅스터 제과회사는 웨스트우드만큼 쉽지는 않았지만, 그렇

다고 특별히 더 어렵지도 않았다. 이 회사의 주가는 과대평가
되지 않았는데도 제법 높은 편이었고, 홀렉이 적절하게 퍼뜨린
소문 때문에 계속해서 오르고—이것이 바로 그가 의도한 바였
다—있었다. 주가는 처음에 2포인트 오르더니, 그다음에는 2포
인트 1/2이 더 올랐다. 이 시점에서 홀렉은 리우데자네이루에
위치한 어느 연구소에 미국인의 피부암 발병률과 껌 씹는 습관
사이의 관계를 연구해달라며 5만 달러를 기부했다. 그가 거금
을 기부했다는 소식이 브라질의 모든 신문에 일제히 보도되고,
이어 그 소식이 미국의 모든 신문에도 오르자, 껌 매출이 급감
함과 동시에 주가는 크게 곤두박질했다.

주가를 올려놓았다가 뚝 떨어뜨린 다음, 홀렉은 더 이상의
주가 하락을 감수하지 않으려는 수많은 투자자들에게서 필요
한 만큼의 주식을 싼값에 사들이기 시작했다. 주가가 한번 크
게 떨어지기 시작하면, 대규모 자금이 투입되거나 오랜 시간이
지나지 않는 한 그 흐름을 막을 방법이 없다는 것이 증권거래
소의 정설 가운데 하나였다. 주식을 판 사람들은 명분을 만들
기 위해 이런저런 구실을 대게 마련이고, 그러면 그때까지 주
식을 붙들고 있는 다른 사람들까지도 불안을 못 이겨 주식을
팔기 때문이다. 그는 자신과 신디케이트에서 경영권을 장악할
수 있을 만큼 주식을 보유할 때까지 매입을 계속해나갔다.

그다음에 두 회사의 합병을 선언하는 것은 식은 죽 먹기였
고, 빅스터는 어마어마한 세금공제를 받게 되었다. 이 소식이
증권시장에 퍼지자마자, 두 회사의 주가는 크게 솟구쳤다. 세

금공제로 인해 빅스터의 수익이 상승하리라는 것은 분명했다. 이제 '빅스터 껌·석탄'이라는 새로운 명칭을 갖게 된 이 회사의 주가는 하루 만에 두 배로 뛰어올랐다.

월말이 되자 주가는 전에 비해 무려 150퍼센트나 올랐다. 바야흐로 빅스터 껌·석탄이 지니게 된 어마어마한 공신력을 기반으로, 주식분할에 들어갈 때가 온 것이다.

1주를 2주로 분할한 결과, 액면가는 25달러로 떨어졌지만, 새로 발행할 주식이 40달러 선에서 거래될 것이라는 소문이 나돌면서 사자는 주문이 들어오고 있었다. 어리둥절해진 밸치는 글로리아나가 웨스트우드 석탄의 주식을 모조리 매각하라고 지시한 이후, 웨스트우드 석탄이 빅스터 제과와 합병하기까지 불과 두 달 남짓한 사이에, 그랜드 펜윅 소유의 주식시세가 무려 4,000만 달러에 이르렀다는 사실을 깨달았다.

"정말 대단한 여자야!"

또 한 번 제라늄 화분에 물을 주면서, 밸치는 경탄해 마지않았다.

"한번 만나보고 싶다니까. 처음에는 땡전 한 푼 가치도 없는 회사에 600만 달러를 덜컥 투자해서 사람을 놀라게 하더니, 그게 빅스터 껌·석탄 회사가 되면서 단숨에 시가 4,000만 달러가 될 줄이야! 월스트리트의 암호랑이라고나 할까. 주식시장 전체를 제멋대로 주물렀어. 그랜드 펜윅의 글로리아나 12세 대공녀와 LA의 테드 홀렉이라니, 정말 대단한 파트너야. 이건 잔다르크와 비틀스가 손잡은 거나 다름없어. 이 놀라운 일을 내

두 눈으로 보게 되다니, 나도 참 오래 살긴 한 모양이군."

밸치는 당연히 글로리아나가 테드 홀렉과 매우 밀접하고도 은밀하게 손을 잡았다고 믿었다. 두 사람이 생판 모르는 사이라고는 생각도 못했다. 사실 처음에는 왠지 기만당하고 소외된 기분에 영 떨떠름했다. 월스트리트를 발칵 뒤집어놓은 이 거대하고 대담한 합작공세를 벌이기 전에, 최소한 자기한테만큼은 귀띔이라도 해줬어야 하지 않았나 하는 서운한 마음이 들었다. 물론 그런 비밀을 공유하는 게 위험하다는 것은 그도 잘 알고 있었다. 그래서 사건의 전모가 밝혀지고 난 뒤에, 자신의 역할이 결코 미미하지 않았다는 사실을 위안으로 삼았다. 어찌 되었거나 글로리아나 12세 대공녀와 테드 홀렉이라는 두 거물이 만난 것도 자기 덕분이 아닌가? 글로리아나가 주식을 매매해달라고 부탁한 사람도 바로 자신이 아니었던가? 게다가 테드 홀렉이 빅스터 제과회사의 주식을 사기 위해 가장 먼저 찾은 사람은? 그것도 자신이다. 그건 누구도 부인할 수 없는 사실이다.

제라늄 줄기에서 죽은 잎사귀를 몇 개 따내면서, 그는 몇 주 내에 만발할 꽃봉오리를 만족스럽게 바라보았다. 두 명의 저돌적인 사업가가 힘을 합치는 데 자신이 핵심적인 촉매제 역할을 했다는 사실이 그의 기분을 흡족하게 했다. 그 기저에는 자기 덕분에 그토록 극적인 결과가 나왔다는 것도 포함되었다.

그는 항상 신중하고도 조심스러운 태도를 견지했다. 그러므로 글로리아나의 이름을 테드 홀렉에게 언급했거나, 반대로 홀렉에게 글로리아나의 이름을 언급했을 리는 없다. 두 사람 사이에 직접적인 연락이 오가긴 했겠지만—밸치는 그렇게 확신했다—적어도 두 사람이 개별적으로 밸치와 접촉할 때만큼은 그 사실을 비밀에 붙이고 싶어 한 것도 분명했다. 만약 그런 얘기를 조금이라도 흘렸다가는 막대한 손실이 났을 수도 있으니 말이다.

조셉 밸치는 자신이 두 사람의 놀라운 합작을 숨기기 위한 엄폐물이라고 생각했다. 그러고 보면 자신은 미국 경제를 뿌리부터 흔들 만한 비밀을 지키고 있는 셈이다.

하지만 글로리아나와 서신 교환을 하면서, 밸치는 이러지도 저러지도 못해 난처하기 짝이 없었다. 대단한 머리와 확고한 경제 예측 능력을 지닌 글로리아나의 과감한 투자로 인해 자산이 4,000만 달러로 불었다는 사실을 편지에 적어 보낸다는 것이 어딘가 뒷북 치는 듯한 느낌이었던 것이다. 한편으로는 이 새로운 회사의 주식을 계속 매각해도 될까 하는 의문이 들었다. 물론 그가 대공녀로부터 받은 마지막 지시는 웨스트우드 석탄의 주식을 무조건 매각하라는 것이었다. 목표는 어느 정도 완수된 것이나 다름없었다. 이제는 대공녀가 새로운 지시를 내릴 때까지 기다리면 그만이었고, 그때까지는—글로리아나의 파트너가 분명한—테드 홀렉과 일하면 된다.

테드 홀렉이 글로리아나의 파트너라는 것은, 그가 빅스터 제과와 웨스트우드 석탄의 경영권을 장악할 만큼 주식을 매입했다는 사실로 분명해졌다. 그때까지도 나머지 주식은 여전히 대공녀의 손에 있었다.

그러던 중, 웨스트우드 석탄의 지분을 매각하고 난 자금으로 이번에는 림록 석유회사의 지분을 매입하라는 글로리아나의 편지를 받고, 밸치는 다시 한 번 과감한 투매가 벌어지겠구나 하고 생각했다. 그는 지시받은 대로 림록의 주식을 매입했다. 당시 4달러 1/8이었던 림록의 주가는 포르투갈에서 네 번이나 석유시추를 시도했으나 모두 실패했다는 소식이 전해지면서 다시 곤두박질치기 시작했다.

밸치가 공개 시장에서 림록의 주식을 사들이는 데 들인 비용은 1,000만 달러나 되었다. 하지만 가지고 있던 주식을 매각해 번 돈에, 웨스트우드 석탄 매입 당시 번 현금 400만 달러를 지닌 글로리아나에게는 그리 큰돈이 아니었다. 밸치는 주식을 매입하고 추가지시를 기다렸다. 그러나 대공녀로부터는 아무 연락이 없었다. 그러다가 월말에 이르러 림록 석유회사의 또 다른 시추 시도가 허탕을 치면서 주가가 2달러 1/2로 떨어졌다. 밸치는 이 주식을 사는 데 들인 비용 가운데 400만 달러가 날아가기 직전이라는 것을 글로리아나에게 편지로 알리기로 작정했다. 그런데 그가 편지를 막 부치려는 순간, 오랫동안 고대했던 전화가 걸려왔다.

"홀렉입니다."

상대방이 말했다.

"림록 주식을 사려고 했더니 당신이 모두 갖고 있다더군요. 얼마나 받으실 생각입니까?"

"아직 팔라는 지시를 받지 못했습니다. 먼저 매입 조건을 제시하시겠습니까?"

"그러죠. 현재 시장가보다 50퍼센트 더 쳐드리겠습니다. 실제 금액이 얼마든지 간에."

"고객과 상의한 다음 곧바로 알려드리겠습니다."

밸치가 말했다.

"아마 2주 정도 걸릴 겁니다."

홀렉은 잠시 침묵을 지키다가 곧이어 이렇게 대답했다.

"기꺼이 기다리겠습니다. 언제쯤 돈을 보내드리면 될지 연락주시기 바랍니다."

또 한 번의 거래를 눈앞에 두고, 밸치는 홀렉과 글로리아나가 파트너일 거라는 자신의 추측이 입증되었다고 생각하며 슬며시 미소를 지었다. 그로부터 2주 뒤, 글로리아나에게서 온 편지에는 누구든지 그 주식을 사겠다면 무조건 팔라는 지시가 적혀 있었다. 밸치는 홀렉에게 전화를 걸어 모든 주식을 현 시가인 1달러 3/4보다 50퍼센트 더 얹은 금액에 팔 용의가 있다고 알려주었다.

"고맙습니다. 저는 그중 딱 51퍼센트만 매입하겠습니다. 수표를 바로 보내드리지요."

홀렉이 말했다.

밸치가 받은 수표는 선라이즈 스페이스 사의 명의로 되어 있었다. 그로부터 한 달 뒤, 선라이즈 스페이스는 계열사 가운데 하나인 인디언 헤드 석유회사와 림록 석유회사의 합병을 공식

발표했다. 조건은 림록과 인디언 헤드의 주식을 3대 1로 맞교환하는 것이었다. 새로운 회사의 주가는 잠깐 떨어졌다가, 이 회사가 포르투갈에서 유전개발에 성공했다는 소식과 함께 하늘 높이 솟구쳤다. 주식분할이 이루어지자, 글로리아나와 그랜드 펜윅이 보유한 주식 가치는 무려 1,500만 달러나 오르게 되었다. 그리하여 이 젊은 대공녀가 보유한 주식의 시가 총액은 이제 5,500만 달러에 달했다.

상황은 밸치조차도 머리가 핑핑 돌고 헷갈릴 정도로 빠르게 전개되었다. 그는 오로지 결과만 알게 될 뿐, 일이 어떻게 돌아가는지는 자세히 알지 못했다. 그가 아는 거라고는 '빅스터 껌·석탄'이 영화 제작사인 '모놀리스 프로덕션'과 교과서 출판사인 '존 앤드 메리 출판'과 합병한 직후에 다시 '웨스턴 은행·신용회사'를 매입했다는 것이다. 하지만 당시에는 전혀 눈치 채지 못했다. 연이은 합병에도 눈에 띄는 수익이나 주가 상승은 없었기 때문이다.

웨스턴 은행·신용회사가 흡수된 후에는 합병의 결과도 조금씩 드러나기 시작했다. 곧이어 이 은행이 금광 두 개, 유통회사 한 개, 항공사 한 개, 대규모 부동산 개발회사 다섯 개, 그리고 제철소 한 개를 보유한 어느 운송회사에게 담보를 받고 한도 이상으로 대출해주었다는 사실이 드러났다. 그 운송회사가 파산하자 자산은 모조리 주채무자인 '빅스터 피노† 껌·석탄 및 모놀리스 프로

† 피노Pinot는 와인 제조용으로 재배되는 포도와, 그 포도로 만든 고급 와인을 지칭한다. 그랜드 펜윅의 특산품 와인 역시 정식 명칭은 '피노 그랜드 펜윅Pinot Grand Fenwick'이다.

덕션 및 존 앤드 메리 출판' 사의 소유가 되었다. 합병의 여파로 돈의 광풍이 쓸고 지나간 자리에는 '피노 프로덕션 사'라는 이름의 대규모 복합기업이 우뚝 서 있었다. 선라이즈 스페이스 사의 라이벌로 등장한 이 회사는 산하에 교과서 출판사부터 용광로 제작사에 이르기까지 다양한 계열사를 거느리고 있었다. 피노 프로덕션의 주가는 무려 85달러를 기록하고 있었다. 그제야 월스트리트를 비롯한 미국 전역의 주식시장에서 활동하는 경제계 인사들은 미국 경제에 이런 엄청난 거대 복합기업을 세운 젊고 매력적이며 신비스런 모습을 간직하고 있는 거물 투자가의 이름을 언급하기 시작했다.

그 이름은 바로 그랜드 펜윅 공국의 글로리아나 12세 대공녀였다.

글로리아나, **세계 경제계의 거물이 되다**

   흔히 돈을 모을 때는 처음 100만 달러를 모으기가 가장 힘들다고들 한다. 그에 비하면 100만을 200만으로 늘리거나, 200만을 300만 달러로 늘리는 것은 쉬운 편이다. 하지만 그랜드 펜윅은 처음 수백만 달러도 공짜로 얻었다. 그리고 글로리아나 대공녀가 그 돈을 없애버리기 위해 갖가지 노력을 했는데도 돈은 점점 늘어나기만 했다. 이제 돈은 히말라야 산맥만큼이나 높이 쌓였다. 그녀는 결코 의도하지 않았지만, 졸지에 그랜드 펜윅을 수천만 달러의 가치가 있는 대기업 피노 프로덕션 사의 대주주 겸 그에 못지않게 규모가 큰 선라이즈 스페이스 사의 막강한 주주 가운데 하나로 만들어버렸다. 그녀가 보유한 주식으로부터 나오는 수익금은 매 분기마다 수백만 달러에 달했고, 지분의 가치는 계속해서 오르고 있었다. 이제 밸치는 대공녀에게 주식을 언제쯤 팔아야 한다고 조언하기가 어려울 정도였다.

하지만 글로리아나는 엉겁결에 이렇게 막대한 재산을 모았다는 것을 전혀 모르고 있었다. 그녀가 해외 경제 동향을 알 수 있는 유일한 통로는 공국에 배달되는 런던판 「타임스」뿐인데, 프랑스인 버스기사 살라트의 변덕으로 인해 배달이 지연될 때가 많았기 때문이다.

공국에 배달되는 「타임스」는 일정한 순서로 성 안을 한 바퀴 돌았다. 우선 현 수상인 노동당 대표 데이비드 벤트너는 영국 토튼햄 핫스퍼 축구팀의 열성 팬답게 신문을 받자마자 스포츠면을 펼쳤다. (그는 여름이면 크리켓 경기 소식을 열심히 들여다보는데, 특히 햄프셔 팀을 좋아했다. 비록 크리켓이 그가 좋아하는 승패 겨루기는 아니었지만 말이다.) 점심때가 되면 마운트조이가 종종 벤트너의 사무실로 시종을 보내 잡지를 가져왔다. 마운트조이는 일단 왕실 관련 기사와 해외 기사를 훑어보았다. 그런 다음 주요 기사를 읽거나, 영국 장관의 발언을 읽으며 뭔가를 골똘히 생각하기도 하고, 때로는 기사 속 오타를 지적하는 편지를 써서 편집자에게 보내기도 했다. 몇 달 전 '특별한'과 '각별한'의 용례를 두고 「타임스」의 여러 독자들과 서신을 교환하면서, 걸핏하면 명사에 '-wise'라는 접미사를 붙여 부사로 만들어버리는 미국인들의 습관†을 거세게 비난한 적도 있다.

마운트조이 다음에는 글로리아나가 「타임스」를 가져다 읽는데, 요즘에는 신문을 받자마자 곧바로 주식시세표를 펴보곤 했다. 물론 그녀가 관심 있는 것은 웨스트우드 석탄과 림록 석유의 주가뿐이었다. 그녀는 밸치에게 이 두 회사의 주식을 모조리 매각하라고 지시한 뒤에, 두 가지 종목이 주식시세표에서 아예 사라져버린 것을 보고, 모두 파산해서 없어졌다고 생각했다. 자신이 바라던 일이 일어나자 무척이나 기뻤고, 비록 액수를 정확히 알 수는 없었지만 수천 달러 정도만 남기고 돈을 다 써버렸다고 믿었다.

그러던 어느 날, 신문의 주식시세표에서 '피노 프로덕션 사'라는 회사의 주가가 135달러 1/2이라는 것을 보고서, 대공녀는 어딘가 찜찜한 기분이 들었다. 그녀는 곧바로 이 사실을 마운트조이에게 말했다.

"누군가가 우리 와인 이름을 도용하고 있어요."

그녀가 신문을 펼쳐 보이며 말했다.

"이것 좀 보세요."

"그건 전혀 걱정하실 필요 없습니다, 전하."

마운트조이가 대답했다.

"우리 말고도 프랑스의 몇몇 지방에서 와인을 '피노'라고 부른답니다. 그라브†† 산 '피노 블랑'은 매우 좋은 와인이지요. 따라서 미국 회사가 '피노'라는 이름을 쓴다고 해도 뭐라고 할 수는 없습니다."

"그래요? 그럼 이 피노 프로덕션이란 곳에서는 뭘 만드는 걸까요?"

"그야 돈이 되는 거겠죠. 그것이 모든 상업 활동의

† '시계'를 뜻하는 명사 '클락Clock'에 접미사 '와이즈-wise'를 붙여 '시계 방향으로'라는 뜻의 부사 '클락와이즈clockwise'를 만드는 경우가 그런 예다.
†† 프랑스 보르도 지방을 말한다.

목표이니까요."

"한 가지 여쭤보고 싶은 게 있어요, 보보 아저씨. 만약에 어떤 회사의 이름이 주식시세표에서 갑자기 사라졌다면, 그 회사가 망했다는 뜻인가요?"

"꼭 그렇지만은 않습니다."

마운트조이가 말했다.

"다른 회사와 합병되었을 수도 있고, 이름을 바꾸었을 가능성도 있죠. 그 외에도 여러 가지 경우가 있고요. 어쨌든 시세표에서 갑자기 사라졌다니, 무슨 일이 생기긴 했을 것입니다."

글로리아나는 백작의 말에 적이 안심이 되었다. 밸치에게선 몇 주째 소식이 없었다. 그녀는 조만간 밸치에게서 투자한 돈을 다 날렸다는 소식이 오리라 기대했다. 와인 맛 껌을 만드는 빅스터 제과회사의 이름 역시 「타임스」의 주식시세표에서 사라져버린 것을 확인하고는, 그 회사도 망해버렸나 싶어 공국의 경제 문제도 이것으로 끝인가 했다.

곧이어 밸치를 통해 주문한 신품종 장미 묘목과 구근, 종자가 도착했다. 글로리아나는 성의 화단을 가꿀 만한 돈을 조금이나마 남겨두었다는 사실에 흐뭇해했다. 코킨츠 박사가 주문한 장비 역시 나무상자에 담긴 채 살라트가 모는 버스 편으로 도착하는 걸 보고 미소를 지었다. 특히 그녀를 흐뭇하게 한 것은 나무 상자에 적힌 '운송료 완불'이라는 글자였다. 이젠 비싼 항공운송료 청구서가 날아올 걱정도 없었다.

코킨츠 박사는 새 장비를 받고 무척이나 기뻐했다. 그는 곧

바로 장비를 실험실로 옮기고, 장정 네 사람을 시켜서 한 주 내내 그 장비를 실험실 한쪽 벽에 설치했다. 대단한 기대를 품고 구경하러 간 글로리아나는 기껏 사들인 장비가 표면에 네 개의 붉은색 사각형이 그려진 반들반들한 금속 렌즈라는 사실에 약간 실망했다. 두 개의 렌즈는 이삼 센티미터 정도 떨어진 채 마주보도록 설치되어 있었고, 둘 사이에는 소리굽쇠가 하나 놓여 있었다. (그녀는 소리굽쇠를 싫어했다. 아버지가 살아 계실 때 성악 레슨을 받았는데, 선생님이 늘 소리굽쇠를 꺼내 '팅' 하고 울린 다음 그 음을 따라 부르도록 시켰지만, 도무지 따라 부를 수가 없었다. 그 후로 소리굽쇠만 보면 아픈 기억이 떠오르곤 한다.)

"저건 뭐 하는 데 쓰는 건가요?"

"말씀드려도 아마 이해하시지 못할 겁니다. 나중에 실험결과가 나오면 보여드리죠. 결과를 보시면 이해하시기 쉬울 테니까요."

"혹시 열이나 빛, 아니면 소리에 관한 건가요?"

글로리아나가 물었다. 예전에 배운 물리 수업에서 기억나는 것은 그것뿐이었다.

"열과 빛과 소리라……."

코킨츠 박사가 미소지었다.

"한때는 그 모두가 매우 신비하고 또 개별적인 것이라고 믿었죠. 하지만 지금은 똑같은 것의 서로 다른 측면일 뿐이라고 생각합니다. 제가 하는 실험은 그중에서도 '소리'와 관계가 있다고 할 수 있죠."

글로리아나는 그 정도 설명만으로 만족해야 했다. 그녀의 생각은 이제 정원에 새로 들여온 장미 묘목과 구근과 꽃 종자를 심고, 훗날 모든 사람들이 꽃구경을 할 수 있도록 성대한 야외 파티를 개최하리라는 계획으로 옮겨갔다.

하루하루 폭탄이 '쾅' 하고 터질 날이 다가오고 있었다. 그러나 그 전조가 약간 미묘했기 때문에 글로리아나는 낌새조차 느끼지 못했다. 그러던 어느 날 영국에서 그녀 앞으로 편지가 한 통 왔다. 「런던 타임스」에서 온 것이었다. 처음에는 공국에서 구독하는 신문 대금 청구서인 줄만 알았다. 그런데 전에는 대개 우중충한 봉투에 청구서가 들어 있었던 반면, 이 편지는 「타임스」의 로고가 한쪽에 박혀 있는 깔끔한 흰색 봉투에 담겨 있었다. 게다가 수신인이 대공녀로 되어 있었고, 필체 역시 신문사의 로고처럼 깔끔했다. 왠지 신나는 기분으로 봉투를 연 그녀는, 미국 주식시장에서의 활동에 관해 인터뷰를 요청하는 경제면 편집자의 짧은 편지를 발견했다.

전하께서는 미처 모르시고 계실 수도 있겠군요.

편지는 이렇게 시작되었다.

하지만 전하의 놀라운 혜안과 과감한 투자에 대한 소문은 미국뿐 아니라, 이곳 런던 증권거래소에서도 경외와 찬탄의 대상입니다. 저희는 전하께서 해외투자 분야에서 활동하신다는 점을 더 이상 비밀로만 간직하실 문제가 아니라고 판단했습니다. 이번 기회에 전하의 투자기법에 대해 소개해주시고, 아울러 그 복합기업에 대한 장기 전망과 함께, 뮤추얼펀드에 있어 나날이 증가하는 소규모 투자자들의 관여에 대해서도 고견을 주시면 감사하겠습니다.

글로리아나는 편지를 읽고 깜짝 놀랐다. 이 편지가 정말 자기한테 온 것이 맞나 싶어서 봉투에 적힌 주소와 이름을 다시 들여다보았다. 그녀는 '복합기업'이 무슨 뜻인지도 몰랐다. 얼핏 듣기에는 코킨츠 박사 같은 사람이나 알 만한, 개구리 알처럼 젤리 같은 물질에 쌓인 뭔가가 떠올랐다. '뮤추얼펀드는 또 뭐지? 어쩌면 '뮤추얼 보험회사'라는 곳에서 운영하는 기금인지도 모르겠는데?' 어쨌든 자기와는 전혀 상관이 없다고 생각했다. 이 편지는 실수로 온 게 분명했다.

그녀는 편지에 답장하지 않고 사흘을 보냈다. 때로는 늑장을 부리는 것도 득이 될 수 있다는 마운트조이의 이론을 따른 것이다. 그러다가 결국 자신이 간직한 비밀—자기가 맡은 돈을 주식시장에 투자해서 완전히 없애버렸다는 사실—을 다른 사람에게 알리기로 결심했다.

그녀는 아침식사를 하면서 남편 털리에게 제일 먼저 알렸다.

글로리아나는 남편에게 자기가 불과 7개월 만에 돈을 전부 써버렸다고 했다. 털리는 깜짝 놀라 버터 바른 토스트가 목에 걸렸는지 캑캑거렸다. 하지만 그뿐이었다. 남편의 시큰둥한 반응에 약간 빈정이 상한 글로리아나는 그날 마운트조이를 부르는 대신, 직접 그의 사무실로 찾아가 이야기를 꺼냈다. 혹시 자기가 잘못한 일이 있더라도, 사무실까지 직접 찾아간다면 야단을 덜 맞을 거라는 계산에서였다. 그녀는 다른 나라의 명예 군주들 가운데 자기처럼 미국 주식에 투자하는 사람이 있는지 없는지도 몰랐다. 마운트조이는 대공녀의 이야기를 듣고 깜짝 놀라 얼굴이 백짓장처럼 새하얘졌다. 그는 일순간, 정말 일순간, 아무 말도 할 수 없었다.

"……그렇게 다 써버린 거예요."

글로리아나는 서둘러 설명을 마쳤다.

"그런데 갑자기 「런던 타임스」에서 편지가 왔더라고요. 이제 어떻게 하죠?"

마운트조이는 편지 얘기는 무시하고 이렇게 말했다.

"전하! 정말 할 말을 잃었습니다. 너무 놀라서 한마디도 못하고 기절할 뻔했습니다. 제가 지금껏 살면서 겪고, 읽은 것 중에서 이처럼 어마어마한 일은 없었으니까요."

"그럼 제가 잘못한 건 별로 없는 건가요?"

글로리아가 약간 얼굴을 붉히며 물었다.

"잘못이라뇨?"

마운트조이가 소리쳤다.

"전하께서 하신 일은 오히려 찬사를, 그것도 아주 큰 찬사를 받아 마땅합니다. 세계적인 경제 거물들도 전하 앞에서는 할 말이 없을 겁니다. 로트실트 가※†조차도 전하 앞에 무릎을 꿇고 말걸요. 존 케인스도 전하를 뵙고 싶어서 안달 할겁니다.

전하, 전하께서 하신 일은 천재적이라고 할 만합니다. 얼마나 간단합니까? 어떤 나라의 경제에도 영향을 주지 않고 돈을 없앨 방법은 무엇일까? 답은 바로 주식시장에 투자해서 가치가 없는 주식을 왕창 사들이는 것이었죠. 돈은 단지 신뢰에 바탕을 둔 종잇조각에 불과하니까, 사람들이 전혀 신뢰하지 않는 것으로 바꿀 수만 있으면 그 돈은 완전히 사라지는 게 아니겠습니까. 그러면 다치는 사람은 아무도 없죠. 저는 감탄했습니다, 전하. 이런 방법을 제가 먼저 말씀드렸어야 했는데, 전하께서 제게 한 수 가르쳐주시는군요!"

"그러면 이 이야기를 벤트너 씨에게도 전해주시겠어요? 저보다 이 문제를 더 잘 설명해주실 수 있을 것 같아서요."

"저야 영광이지요!"

"그나저나 이 편지는 어떻게 하죠? 이 사람들이 왜 저하고 인터뷰를 하겠다는 걸까요?"

"전하, 그건 분명히 전하께서 이 문제를 해결하시는 데 있어 천재적인 능력을 발휘하셨기 때문일 겁니다. 장담하건대, 이 편지를 시작으로 앞으로도 인터뷰 요청이 쇄

† 영어식 이름인 '로스차일드 가'로 유명하다. 독일 프랑크푸르트 출신의 유대계 금융업자인 마이어 암셸로트실트가 설립자이며, 이후 그의 다섯 아들이 프랑크푸르트, 런던, 파리, 나폴리, 빈 등 유럽 각지에 거점을 두고 활동하며 금융제국을 건설한 것으로 유명하다.

도할 겁니다. 지금까지는 모두가 주식시장을 '돈 버는 곳'으로
만 생각하지 않았습니까? 그런데 전하는 최초로 주식시장을
'돈 잃는 곳'으로 이용하신 겁니다. 전하께서는 인플레이션을
해결할 방법을 고안하신 것이나 마찬가지입니다. 이 방법은 세
계 각국 정부에 큰 도움이 될 것입니다. 이제는 굳이 과세라는
방법으로 잉여자금을 흡수할 필요가 없습니다. 세금을 부과하
다 보면 정부는 국민으로부터 인기를 잃는 동시에, 그 세금을
어디에 쓸지 고민해야 하죠. 그런데 전하께서는 잉여자금과 인
플레이션을 유발할 수 있는 자금 처리를 한번에 해결하신 겁니
다. 자, 얼른 「런던 타임스」에 인터뷰에 응하겠다고 답장하세
요. 전하께서 발견하신 통화수축 이론은 케인스의 적자재정 이
론도 무색하게 만들 만큼 대단하니까요."

"그런데 이 편지에서 말한 '복합기업'이라는 건 뭐죠? 저한
테 그걸 물어보고 싶다고 하잖아요."

글로리아나가 물었다.

마운트조이는 편지를 들고 한번 훑어본 뒤에 말했다.

"별것 아닙니다, 전하. 이런 경제 용어 정도야 제가 얼마든
지 가르쳐드릴 수 있습니다. 그리고 원하신다면 인터뷰에 동석
하겠습니다. 복합기업의 정의는 옛날부터 전해져오는 속담 속
에 담겨 있다고 할 수 있죠. '달걀을 한 바구니에 담지 마라.'
본래는 시골 농부들이나 쓰던 이 말이, 이제는 월스트리트를
비롯한 경제계에 가장 중요한 격언 가운데 하나가 되었습니다.
한마디로 한 가지 농사만 짓는 것보다는 여러 가지일을 하는

게 더 유리하다는 소리죠."

그리하여 글로리아나는 자신의 이름이 세계 경제계에서 경외와 찬탄의 대상이라는 사실은 물론이고, 자신의 놀라운 투자 비법에 대한 기사가 미국의 경제 전문지 「배런스 위클리」니, 「포춘」 같은 잡지에 계속 실리고 있다는 사실은 전혀 모른 채, 「런던 타임스」의 경제면 편집자에게 인터뷰에 응하겠다는 답장을 띄우고 말았다.

손만 댔다 하면 대박,
그러나 그랜드 펜윅에는 저주

「런던 타임스」의 경제면 담당 편집자 잭 스위팅은 글로리아나에게 홀딱 반하고 말았다. 영국인인 그는 본래 여성을 배려하는 태도가 몸에 배어 있었다. 물론 상대방이 기꺼이 여자다움을 포기하면서까지 지식을 과시하는 경우—현대사회에서 점점 더 많이 벌어지는 현상—에는 그 배려를 생략했다. 그런 여성을 보면 겁이 날 정도는 아니지만, 적잖이 신경이 곤두섰기 때문에 예의를 지키면서도 조금 냉랭해지기 일쑤였다.

그는 그랜드 펜윅의 글로리아나 12세 대공녀 역시 그런 여성이리라 예상했다. 엘리자베스 아덴의 미용전문점보다는 런던 경제대학—한여름에도 서늘한 기운이 감도는 우중충한 학교—쪽에 더 잘 어울리는 여성 말이다.

그러나 예상과 달리 글로리아나 12세 대공녀는 무척이나 사랑스럽고, 친절하고, 재치 있고, 우아한 여성이었다. 직접 차를 따라주는가 하면, 봄이 한창인 공국의 곳곳을 안내해주기도 했는데, 그것은 여타의 캐멀롯† 관광과는 차원이 달랐다.

잭 스위팅은 세계적으로 유명한 경제전문가이긴 하지만, 시골 출신이기 때문에 양차 세계대전 사이의 영국 시골마을 풍경을 잘 기억하고 있었다. 그랜드 펜윅을 둘러보고 있자니, 문득 이미 사라진 영국 시골의 풍경이 떠올랐다. 그는 풀이 막 돋아나고 있는 산 중턱의 목초지를 향하는, 털이 풍성한 양떼와 마주쳤다. 덜컹거리며 길을 오가는 마차 소리며, 바위종다리와 마도요가 지저귀는 소리 등 오랫동안 잊고 살았던 소리도 들었다. 바람은 아직 말라붙어 있는 잔디 줄기와, 이제 서서히 초록으로 물들기 시작한 산사나무와 딱총나무 가지를 이곳저곳 어루만졌다. 그는 바람 소리밖에 들리지 않는 시골 특유의 적막함을 만끽했다.

그는 글로리아나와 그랜드 펜윅의 모습에 너무 감격한 나머지, 글로리아나가 전혀 말도 안 되는 이야기를 늘어놓더라도 기꺼이 그럴듯한 이야기로 만들어서 보도할 준비가 되어 있었다. '지혜의 진주'까지는 아니더라도, 최소한 '상식의 구슬' 정도는 되게 말이다.

인터뷰에 응하는 글로리아나의 태도도 무척 훌륭했다. 그녀는 마운트조이가 가르쳐준 대로 "기업의 생산과 무관하게 경제적 이익만을 의도

† 본래 아서 왕 전설에서 그의 궁전이 있던 장소를 말한다. 이후에는 버킹엄 궁 혹은 백악관 같은 왕실이나 정부의 관저를 뜻하게 되었다.

하는 부당행위를 막기 위해서라도, 조만간 미국에서 복합기업에 대한 규제조치가 이루어지지 않을까 전망합니다"라고 말했다. (공녀는 이 문장을 외워서 말하고 나서 기자가 더 이상 이 주제에 대해 묻지 않자 무척 안도했다.) 또 "해외 투자는 주식시장에서 의심할 여지없이 강력한 요소가 되고 있습니다"라고 지적하면서 "이는 공산주의와 경쟁하는 자본주의의 건전한 성장을 보여줍니다"라고 말했다. "향후 안정적인 국제 통화 가치 체제를 구축하는 것이 국제무역과 투자에 있어 큰 도움이 되리라 봅니다"라고도 했다.

마무리로는 "보다 원활한 국제무역을 위해서는 그에 걸맞은 국제 통화체계가 있어야 합니다"라고 하고는 이렇게 덧붙였다.

"차를 한 잔 더 드릴까요, 스위팅 씨? 아까 드린 것은 벌써 식어버린 것 같네요."

스위팅은 차를 부탁하고는, 국제무역 및 투자를 위한 통화로 특별히 생각하고 있는 것이 있느냐고 물었다. 그러자 인터뷰에 동석했던 마운트조이가 불쑥 끼어들어 '스위스 프랑'을 제안했다. 스위스의 중립적인 태도와 은행가들의 폭넓은 경험에 의해 대단한 공신력을 지니고 있는 통화라면서 말이다.

이 문제에 대해 자세한 질문을 받자 글로리아나의 답변은 금세 뒤죽박죽이 되고 말았다. 그녀는 스위스 프랑과 포르투갈 에스쿠도† —이것은 스위팅이 제안한 통화였다—에 대해서 아는 바가 전혀 없었다. 대신 그녀는 어느 국제적인 도시에 사는 주부가 세탁소에 가서는 중국 위안元을 내야 하고, 옷가게에 가서는 프랑스 프랑을 내야 하고, 정육점에 가서는 영국 파운드를 내야 한다면 너무 힘들지 않겠느냐고 말함으로써 요점을 전달했다.

"그러면 유럽공동시장†† 이 전하께서 지지하시는 방향으로 한 발짝 나아간 것이라 생각하십니까?"

"예, 그렇습니다."

글로리아나가 말했다. 물론 그녀가 '유럽공동시장'에 대해 아는 것이라곤, 사람들이 그걸 좋게 말하더라는 것뿐이었지만 말이다.

"그러면 그랜드 펜윅 공국도 유럽공동시장에 가입하실 의사가 있습니까?"

스위팅이 물었다.

이 질문을 받자 글로리아나는 마운트조이에게 눈을 돌렸다. 뭐라고 말해야 할지 전혀 몰랐기 때문이다.

"아쉽게도 유럽공동시장에 그랜드 펜윅이 가입할 만한 여지는 없습니다."

마운트조이가 대공녀를 대신하여 말했다.

"우리나라의 두 가지 주요 생산품인 와인과 양모는 시장을 완전히 독점하고 있으니까요. 우리 생산품을 판매하는 데 있어서 외국의 어떠한 협조나 원조도 필요하지 않습니다. 공동시장은 대부분 대의에 의해 형성되게

† 포르투갈의 화폐단위.

†† 유럽경제공동체EEC라고도 한다. 1957년에 프랑스, 서독, 이탈리아, 벨기에, 네덜란드, 룩셈부르크 6개국 간의 조약으로 시작되었다. 이후 영국, 아일랜드, 덴마크, 그리스, 에스파냐, 포르투갈이 가입하여 모두 12개국이 활동했다. 관세와 수출입, 무역정책 등에 대한 협정을 통해 공동의 이익을 도모했으며, 이후 유럽연합EC의 모태가 되었다.

마련인데, 그랜드 펜윅의 경우에는 다른 나라들과 경제적으로 공유할 만한 대의가 딱히 없는 것 같군요."

이제 스위팅은 글로리아나의 투자방법에 대해 묻기 시작했다. 그는 글로리아나와 격의 없는 대화를 나눌 수 있도록 마운트조이가 자리를 비켜주었으면 했지만, 백작은 굳건한 성벽처럼 그녀의 곁에 앉아서 꼼짝도 하지 않았다. 스위팅은 어쩔 수 없이 마운트조이가 지켜보는 자리에서 대공녀에게 질문을 던져야 했다.

"전하께선 최근 과감한 투자를 통해서 뉴욕 주식시장에 대한 탁월한 식견을 자랑하신 바 있습니다."

스위팅은 이렇게 말문을 열었다.

"전하가 가진 투자 철학을 한두 문장으로 요약해주실 수 있겠습니까?"

글로리아나는 다음과 같이 간단하게 대답했다.

"제가 생각하기에 주식투자를 하려는 사람에게 있어 최선의 자세는 돈을 잃기로 작정하는 것입니다. 그것 말고 뭐가 또 있을까요?"

스위팅은 미소 지었다. 그는 글로리아나가 매우 조심하면서, 언젠가 로스차일드 경이 했던 말을 그대로 반복하는 거라고 생각했다.

"그러면 전하께서도 처음에는 가진 돈을 모두 잃자는 자세로 주식투자를 시작하셨겠군요?"

"아, 그럼요."

글로리아나가 말했다.

"한시도 그 생각이 머릿속을 떠난 적이 없어요. 그래서 계속 투자하고, 또 투자했죠. 그러다 보니 이런 결과가 나왔고요."

"그건 온 세상이 다 아는 이야기입니다."

스위팅이 말했다.

"전하의 투자는 세기의 위업 가운데 하나로 손꼽히고 있으니까요. 그래서 저는 전하께서 투자를 시작하시기 전에 주식시장에 대해 매우 연구를 많이 하셨으리라고 확신했습니다."

"그건 아니에요."

글로리아나가 말했다.

"특별히 공부한 건 없어요. 그저 한 가지 목표를 세운 다음, 그게 이루어질 때까지 꾸준히 투자한 것뿐이지요. 제가 말할 수 있는 건 그것뿐이에요. 특별히 남다른 일을 했다고는 생각지 않아요."

"이번에 월스트리트를 공략하는 과정에서, 젊고 탁월한 미국의 투자가 테드 홀렉 씨와 손을 잡으셨다고 알려져 있습니다."

스위팅이 말했다.

"투자 대상을 선정하시면서 홀렉 씨와 긴밀히 협력하셨다는 게 사실입니까"

"죄송하지만, 누구시라고요?"

"홀렉 씨 말입니다."

"그런 분은 모르는데요."

대공녀가 말했다.

"저는 그랜드 펜윅의 미국 대리인인 조셉 밸치 씨를 통해 주식을 거래했습니다. 나중에 그분이 종자도 구해주셨죠."

"종자라고요?"

"네, 종자하고 구근이요. 제가 아까 정원에서 보여드린 신품종 장미들도 마찬가지고요."

난처해진 스위팅은 질문을 반복했다.

"홀렉 씨에 대해 전혀 모르신다는 말씀인가요? 홀렉 씨가 전하와 똑같은 방식으로 투자를 했는데……."

"저는 정말 그분이 누구신지 모르겠네요."

글로리아나가 말했다.

"그분이 저하고 똑같은 방식으로 투자하셨다면, 투자 대상을 정할 때 저와 같은 방법을 쓰신 모양이죠."

"전하께서 택하신 방법을 알려주실 수 있겠습니까?"

스위팅은 다시 처음 질문으로 돌아갔다.

글로리아나는 마운트조이가 있다는 사실도 잊은 듯 「타임스」의 경제면을 펼친 다음, 소파 팔걸이에 꽂혀 있던 핀을 하나 빼냈다. 그러고는 눈을 꾹 감고 페이지 한가운데에 있는 주식 시세표에 핀을 쿡 찍었다.

스위팅은 껄껄 웃었다.

"어이쿠, 이 질문은 하지 말 걸 그랬군요. 하지만 전하께서 보여주신 방법은 정말 최고입니다!"

인터뷰는 그것으로 끝났다. 스위팅은 렌터카를 몰고 마르세유까지 가서, 그곳에서 비행기를 타고 런던으로 돌아갔다. 그

다음 취재한 내용을 이리저리 짜맞춰서, 독자들이 대공녀의 매력과 세계경제에 대한 탁견을 동시에 감상할 수 있도록 기사를 작성했다.

　기사는 성공적이었다. 인터뷰는 화요일에 했지만, 매사에 느긋한 「타임스」의 특징으로 인해―물론 가십 기사는 잽싸게 실었지만, 그 외에는 항상 충실하고도 지속적인 가치를 지닌 뉴스를 지향했기 때문이다―기사는 그 다음 주 월요일이 되어야 실릴 수 있었다. 그나마 월요일자 「타임스」도 수요일에나 그랜드 펜윅에 도착했다. 프랑스 파리가 미국과 북北아프가니스탄 간의 평화회담 장소로 선정된 것에 대해 영국이 이의를 제기했는데, 버스기사 살라트가 이 일에 몹시 흥분했기 때문이다. 그는 그랜드 펜윅도 영국을 지지할 거라고 생각해서 나름대로 복수한 것이다. 글로리아나는 덕분에 폭탄이 '쾅' 하고 터지기 직전의 여드레 동안은 정원을 가꾸면서 평온하게 보낼 수 있었다.

　이번에도 신문은 수상인 벤트너에게 가장 먼저 도착했다. 하지만 그는 결코 경제면을 읽지 않았기 때문에 어떤 상황이 벌어졌는지 전혀 눈치 채지 못했다. 그는 오로지 크리켓에서 타자의 몸에 지나치게 가까이 던지는 투구를 둘러싼 몇 년 전의 논쟁이 새삼스레 떠오른 데에만 관심이 있었다. 벤트너 다음에는 마운트조이 백작이 신문을 볼 차례였다. 하지만 벤트너는 프랑스가 목성에 탐사선을 보내기로 했다는 기사를 읽고, 신문을 코킨츠 박사에게 가져갔다. 기사에 따르면 탐사선은 3년 안에 목성에 도착할 것이라고 했다. 하지만 코킨츠 박사는 그 예측은 물리학적 근거가 아니라, 지난 12개월 내내 비틀거린 프랑스 정부의 맹신에서 나온 것이라고 일축했다.

코킨츠 박사는 신문을 밀쳐놓은 채, 두 개의 반구 사이에 소리굽쇠를 설치한 장비를 가지고 실험에 열중했다. 덕분에 마운트조이의 시종은 성 안을 샅샅이 뒤지고 나서야 코킨츠 박사가 문진文鎭으로 사용하는 요상한 물건 밑에서 신문을 발견할 수 있었다. 신문을 건네받은 마운트조이는 국제면에서 발칸 정치의 역사적인 날에 대한 기사를 보며 한숨지은 후 경제면을 펼쳤다.

거기에 대공녀의 인터뷰 기사가 있었다. 2단 크기로 대공녀의 공식 초상화가 실렸고, 그 아래에 1단 반 크기의 기사가 있었다. 마운트조이는 즐거운 마음으로 기사를 읽기 시작했다. '「타임스」 같은 신문을 읽는 건 얼마나 즐거운 일인가.' 그는 이렇게 생각했다. '과장이나 흥분이라곤 없이, 우아하고 고전적인 영어로 작성된데다가, 균형과 유머까지 겸비하고 있으니 말이야.'

하지만 네 번째 단락으로 접어들자마자 그는 큰 충격에 빠지고 말았다. 거기에는 글로리아나 12세 대공녀가 주식시장에 대단한 공세를 펼친 끝에, 수십억 달러의 가치가 있는 미국의 거대 복합기업 두 곳—선라이즈 스페이스 사와 피노 프로덕션 사—의 가장 유력한 주주가 되었다는 내용이 있었다. 기사에 따르면 그랜드 펜윅이 소유한 주식 시가는 7억 달러 정도였고, 지금도 가치가 나날이 치솟고 있었다.

대경실색한 마운트조이는 기사를 다시 한 번 정독하고 나서,

떨리는 손으로 전화기를 들었다.

"「런던 타임스」의 잭 스위팅 씨를 연결해주게."

"죄송합니다, 백작님."

교환원이 말했다.

"아시겠지만 외국으로 연결된 전화선이 하나도 없어요."

마운트조이는 전화기를 내려놓았다. 그는 충격으로 무감각해진 손에서 책상 위로 떨어진 신문을 물끄러미 바라보았다.

7억 달러……. 그의 머릿속은 백지장처럼 하얘졌다. 마운트조이는 마치 현실을 막고 있는, 눈에 보이지 않는 장막을 벗겨내기라도 하려는 듯 얼굴을 두 손으로 감쌌다.

"말도 안 돼."

그가 중얼거렸다.

"말도 안 돼.「타임스」가 실수한 게 틀림없어."

하지만 그는 「타임스」가 결코 실수하는 법이 없고 언제나 옳다는 사실을 알고 있었다. 결국 자신이나 대공녀, 또는 그랜드 펜윅 공국의 어느 누구도 제어할 수 없는 어떤 마법으로 인해, 자그마치 향후 7,000년간의 정부 예산에 맞먹는 돈을 벌었다는 사실을 인정할 수밖에 없었다.

"맙소사!"

그가 외쳤다.

"그야말로 크로이소스†의 저주로군! 손댄 것은 뭐든지 금으로 변해버리잖아!"

---

† 크로이소스는 고대 리디아 제국의 왕(재위 BC 560-546)이다. 엄청난 부자로, 훗날 페르시아의 키루스와 전투를 벌여 사로잡혔으나 오히려 융숭한 대접을 받으며 그의 조언자 겸 친구가 되었다는 일화가 유명하다.

의회, **결단을 내리다**

이 섬뜩한 소식을 선뜻 받아들일 수 있는 사람은 아무도 없었다. 글로리아나고, 벤트너고, 털리고, 마운트조이고 간에 하나같이 이 사실을 부정하고, 폄하하고, 비난하고, 불신한 다음에야 겨우 어느 정도 인정하게 되었다. 글로리아나는 그랜드 펜윅을 향한 매우 끔찍하고도 터무니없는 농담이 아니냐고 반문하면서, 이런 엉터리 기사를 실은 「타임스」를 고소해야 한다고 주장했다. 벤트너는 이것이 주식시장의 불황을 넘기기 위해 우리처럼 재산을 몽땅 잃은 사람이 막대한 돈을 벌었다고 억지를 부리는, 자본주의자들의 교활한 술책이라고 비난했다.

마운트조이는 한참 동안 「타임스」의 지난 주식시세표를 샅샅이 뒤져가면서, 웨스트우드 석탄·철도회사 항목이 사라진 날짜를 확인했다. 그 날짜와 글로리아나가 뱰치에게 편지를 보낸 날짜를 비교해본 백작은 「타임스」가 뭔가 실수한 것이 분명하다는 결론을 내렸다. 글로리아나가 투자한 웨스트우드 석탄·철도회사는 어떻게든 살아나려 발버둥치다가 망했다고 확신했기 때문이다.

오로지 털리 배스컴만이 진실을 받아들일 준비가 되어 있었다. 그는 각자 원인을 찾느라 애쓰지 말고, 밸치에게 연락해서 공국이 보유한 주식 내역을 상세히 보고하게 하자고 제안했다.

공국은 곧바로 밸치에게 미국 내 모든 자산 내역과 평가액을 알려달라는 전보를 보내기로 했다. 이 중대한 문제를 살라트의 손에만 맡길 수가 없어, 벤트너가 프랑스까지 가서 직접 전보를 쳤다.

얼마 뒤 밸치가 보낸 답장을 통해, 그랜드 펜윅이 배관 공사에서부터 우주개발에 이르기까지 갖가지 사업에 관여하는 다양한 회사의 주식을 보유하고 있다는 사실이 분명하게 드러났다. 공국이 갖고 있던 회사의 주식은 한 달에 하나 꼴로 주식분할이 되었고, 주식시장이 점차 호황을 맞으면서 분할된 주식 가격이 이전의 주가를 따라잡을 만큼 폭등하고 있었다. 다시 말해서 그랜드 펜윅이 보유한 미국 내 재산은 과열된 오븐 속 빵처럼 팽창하는 중이었다. 밸치의 말에 따르면 연말쯤에는 주식 시가가 10억 달러에 이를 전망이었다.

결국 이 끔찍한 소식을 전하기 위해 자유의회를 임시 소집해야 할 지경에 이르렀다. 글로리아나는 눈물범벅이 되었다. 모든 것이 자기 잘못이며, 자기 때문에 애꿎은 국민이 피해를 보게 되었다면서 말이다. 국가 경제는 물론이고, 국민의 삶마저 파괴할 수 있는 돈을 완전히 없애버려야 했는데, 엉뚱하게 그 돈을 더욱 크게 불려놓았으니 말이다. 털리와 마운트조이는 대공녀가 최선을 다했고, 일이 이렇게 된 것은 어쩔 수 없기 때문에 책임을 질 필요도 없다고 위로했다.

"좋건 싫건 간에 이제 우리는 억만장자가 되었군요."

벤트너가 말했다.

"향후 100년 동안 그랜드 펜윅의 노동자에게 지급될 급료를 모두 합친다고 해도, 지난 몇 달간 손 하나 까딱하지 않고 벌어들인 금액에는 미치지 못할 겁니다."

"저는 정말 다 써버리려고 했어요."

글로리아나가 훌쩍이며 말했다.

"물론 그러시겠죠, 여사."

벤트너가 말했다.

"하지만 이번에는 그 늑대 같은 월스트리트 자본주의자들도 꼼짝 못한 모양이군요."

그는 마운트조이를 향해 무척 불쾌하다는 듯한 표정을 지어 보였다. 그의 말은 현실을 비꼰 표현이었다. 지금의 상황에서 '월스트리트의 늑대'는 대공녀를 가리키는 말이었다. 한편 마운트조이는 다시금 벤트너에게서 증오의 눈초리를 받게 되어 내심 기뻤다. 자본과 노동의 대립이야말로 백작에게는 자연스러운 일이었기 때문이다. 세상 어느 나라든지 자본과 노동이 서로를 포용하면, 결국 몰락하고 만다는 것을 그는 알고 있었다.

"이번 재난에 대한 책임은 현 정부에도 있습니다."

마운트조이는 주춤하는 벤트너를 바라보며 앙심을 품은 듯 말했다.

"이 문제를 의원도 아니고, 남성도 아닌, 어쩌면 이 일에 부적격한 대공녀 전하께 떠넘기기에 급급했기 때문입니다."

그는 기분이 유쾌해졌다. 이 사태의 책임을 벤트너에게 떠넘길 수만 있다면, 다음 선거에서는 거뜬히 정권을 되찾을 수 있을 것 같았다. 안 그래도 야당 당수 노릇을 하기가 영 어색하기만 한 참이었다. 그런데 글로리아나는 백작의 계획과 전혀 다른 주장을 펼쳤다.

"아니에요. 그 임무는 어디까지나 제게 맡겨진 거였어요. 저 역시 기꺼이 받아들였고요. 잘못은 제게 있으니, 국민 앞에 나아가서 이 모든 게 제 책임이라고 솔직하게 털어놓겠어요."

그리하여 그녀는 임시 소집한 자유의회에서 그동안 있었던 일을 털어놓았다. 일단 상황을 간략히 전하고, 어떻게 그 돈을 모두 써버리려고 했는지 설명했다. 그녀는 주식시장에서 투자가가 막대한 금액을 잃는 경우가 빈번하고, 특히 주식에 대해 전혀 모르는 사람이라면 그럴 가능성이 훨씬 높다고 말했다.

자기는 주식이라면 아무것도 몰랐기 때문에, 「런던 타임스」 경제면을 펼친 다음, 눈을 꾹 감고 핀을 쿡 찍어서 회사를 선택했다고 했다. 처음에는 제대로 된 주식을 골랐기 때문에 한 달 만에 400만 달러를 잃기도 했다고—그녀는 아직도 이 사실을 자랑스럽게 생각했다—설명했다. 이 말이 끝나는 순간, 의회에서는 작게나마 박수가 터졌다. 박수 치기에 서투른 산지 출신 농부들은 어딘가 중풍 환자 같은 몸짓을 보이긴 했지만.

글로리아나는 자신의 선택이 결국 어리석은 것으로 밝혀졌다고 말을 이었다. 거의 망해가는 회사의 주식을 샀더니, 그 회사에 현금이 무려 1,000만 달러가 있다는 사실이 밝혀져서, 600만 달러를 잃으려다가 도리어 400만 달러를 더 벌어들였다고 했다. 이 말이 끝나는 순간, 산지 출신 의원 가운데 한 사람은 그만 기절해버렸다. 그는 서둘러 의회 건물 밖으로 옮겨져서야 정신을 차렸다.

글로리아나는 밸치의 보고를 통해 확실히 드러난 이 사건의 전모를 밝히기 시작했다. 자신이 그 돈을 써버리는 데 최선을 다하긴 했지만, 테드 홀렉이라는, 이름도 못 들어본 미국 투자가가 그랜드 펜윅이 투자한 기업의 지분을 대량 매입하면서 지배주주가 되었다. 그의 목표는 대공녀와는 정반대로 돈을 버는 것이어서, 막대한 자금과 영향력과 경험을 총동원해 대공녀가 돌덩어리로 만들어버리려던 것을 금덩어리로 만들어버리고 말았다고 했다.

"저는 이 나라의 군주로서 국민 앞에 저의 잘못을 솔직히 고백하는 바입니다."

대공녀는 용감하게 이렇게 말했다.

"최선을 다했지만, 이제 우리 공국이 지닌 주식 시가는 무려 10억 달러에 달합니다. 이는 모든 가정에 수백만 달러씩 돌아갈 수 있는 금액이며……."

하지만 대공녀의 말은 곧이어 의회 안을 휩쓴 다음과 같은 외침에 완전히 파묻혀버리고 말았다.

"글로리아나 12세 대공녀 만세!"

그녀가 군주만 아니었다면 의원들은 그녀를 당장 어깨 위에 태우고 거리로 나갔을 것이다. 인류 역사를 통틀어 보아도, 한 나라의 군주가 자기 백성 전부를 백만장자로 만든 경우는 없었다. 바로 이 순간, 의원들의 근심은 모두 사라졌고, '껌 자금'으로 인해 받았던 고통조차 잊었다. 그랜드 펜윅의 모든 가정에 수백만 달러씩 돌아간다니! 이 순간 요트로 세계일주를 하는 몽상에 젖어들지 않은 유일한 사람은 마운트조이 백작뿐이었다.

결국 사람들을 현실로 끌어낸 사람 역시 마운트조이였다. 의장으로부터 발언권을 얻은—물론 한참 후에 의장이 제정신으로 돌아오고 나서야—그는 대공녀에게 연단에서 내려오시라고 부탁하고 자신이 올라섰다. 그리고 자신은 야당 대표로서 이 돈이 공국 내에 한 푼도 들어와서는 안 된다는 입장임을 분명히 했다. 이어서 벤트너 역시 뭔가 내키지는 않는 얼굴이면서도 똑같은 발언을 하자, 아까 기절했던 산지 출신 의원은 또다시 기절하고 말았다. 벤트너는 '껌 자금' 사태로 인해 분명한 교훈을 얻었기 때문에 마운트조이를 따르기로 했다. 그는 현 정부 내각은 모두 사퇴하고, 새로운 정책을 내세운 새로운 당이 출범해서 정계가 개편되어야 돈을 국민에게 분배할지 말지를 결정할 수 있다고 발언했다.

"이 돈이 분배된다면 여러분은 어떻게 될 것 같습니까?"

벤트너가 의원들에게 물었다.

"전처럼 노동하여 생계비를 버는 정직한 노동자들이 있을까요? 전처럼 버젓한 집에서 평화롭게 살면서 이웃과 잘 지내는 행복한 가정이 있을까요? 아니, 그렇지 않을 겁니다. 이 나라에는 그저 돈에 미친 사람들만 득실댈 것입니다. 모두들 샴페인으로 목욕을 하고, 새 마누라를 하나씩 얻겠지요. 그게 전부입니다."

그가 '새 마누라'를 운운하는 순간, 뒤쪽 어딘가에서 동감한다는 듯 환호하는 소리가 들리긴 했지만, 벤트너의 의도는 이미 대부분의 의원들에게 먹혀들고 있었다. 그는 뛰어난 연설가는 아니었으나, 흥분하면 누구나 쉽게 공감할 만한 발언을 하는 재주가 있었다.

"자네, 테드 윌리엄스."

그는 앞에 앉아 있는 한 의원을 가리키며 말했다.

"지난번에 보너스를 받고 나서 자네가 진 빚이 얼마지?"

"75파운드쯤 되네."

윌리엄스가 태연스레 말했다.

"그러면 지금은 빚이 얼마나 되나?"

"전혀 없네. 다 갚았거든."

"좋아. 자네는 자기 힘으로 벌어서 먹고사니 분명 독립적인 인간일세."

벤트너는 곧이어 의회를 향해 말했다.

"우리는 결코 무릎 위에 떨어진 돈으로 먹고살지 않으며, 어디서 그런 돈이 더 떨어지지 않나 기대하지도 않습니다. 우리는 그랜드 펜윅의 자유민이지, 결코 개가 아니란 말입니다. 우리는 이 땅에서 스스로의 힘으로 살아갑니다. 그렇게 할 수 있는 한, 다른 세상이 어떻게 돌아가건 우리는 그랜드 펜윅의 자유민입니다. 그랜드 펜윅의 자유민이 있는 한, 이 세상은 물론이고 인류 전체에게도 희망이 있는 겁니다."

한마디 한마디가 지금까지 벤트너의 연설 가운데서도 최고라 할 만했다. 마운트조이조차도 다른 의원들처럼 진심에서 우러나는 박수를 보냈다. 벤트너는 여기서 그치지 않았다.

"여러분은 이 돈을 어떻게 할 것인지 제게 물어보고 싶을 겁니다. 분명 여러분에게는 그럴 권리가 있습니다. 저는 밤이면 밤마다 고민을 거듭한 끝에 한 가지 결론에 도달했습니다. 바로 우리도 미국인들처럼 하는 겁니다. 돈을 모두 땅 속에 묻읍시다. 우리가 원치 않는 미국 주식일랑 모조리 팔아치우고, 우리가 원치 않는 그 돈을 자루에 넣어 모조리 성 밑에 묻고, 예전처럼 살아갑시다."

열띤 토론 끝에 이 제안은 곧바로 결의안으로 제출되어 표결에 붙여졌다. 반대표도 적지 않았지만, 결의안은 무리 없이 통과했다. 주식을 1페니씩에 싸게 팔면 어떠냐는 제안도 있었지만, 마운트조이는 그렇게 많은 지분을 매각해버리면 주식시장이 흔들릴 위험이 있고, 그러면 월스트리트의 수많은 무고한 투자자들이 피해를 보게 된다고 지적했다.

"물론 자본가들 중에도 무고한 사람들이 있습니다."

벤트너의 눈을 의식한 마운트조이가 얼른 덧붙였다.

"지금까지 저축한 돈을 탈탈 털어 주식에 투자한 노인들은 주식시장이 요동치면 밤잠을 설칠 겁니다. 다른 인간에게 그런 부당한 고통을 가할 권리가 어찌 우리에게 있겠습니까?"

"우리가 가진 지분을 갑자기 내놓으면 가치가 내려가는 효과도 있지 않겠습니까?"

누군가가 이렇게 말했다. 하지만 마운트조이는 여전히 주식은 가능한 한 조용히, 서둘지 말고 천천히 처분해야 한다고 주장했다. 또한 그는 수천만 달러에 달하는 지폐를 지하실에 처박아두자는 제안에도 반대했다.

"그건 너무 위험합니다. 국제범죄 조직이 그 돈에 눈독 들일 것이 뻔하니까요. 저는 차라리 그 돈을 우리 공국 명의로 스위스 은행에 입금하자고 제안하는 바입니다."

그러나 어느 누구도 그 제안에 찬성하지 않았다.

그랜드 펜윅 사람들은 독특하게도 돈을 펜윅 성 지하실에 두고 모두가 그 돈을 볼 수 있게 하는 편을 좋아했다. 그러면 누구나 내킬 때마다 그 돈을 보고 기분이 좋아질 것이라고 한 의원이 말했다. 혹시나 현금이 필요할 때 요긴하게 쓸 수도 있고 말이다.

결국 마운트조이는 눈을 번뜩이면서 이 법안의 일부 규정에 대한 반대 의사를 철회했다. 그리하여 이 역사적인 임시 자유 의회는 그랜드 펜윅 소유의 미국 주식을 모두 팔아치우고, 그렇게 번 돈을 모조리 펜윅 성 지하실에 보관하자는 내용의 결의안을 내놓으며 끝났다.

　자유의회가 끝나기 직전, 경제 문제를 해결하기 위한 대공녀의 노력을 치하하자는 내용의 결의안이 또 하나 발의되어 통과되었다. 거수 투표를 통해 이 결의안이 통과하자, 모두가 대공녀를 향해 만세삼창을 했다.

　"우리 전하는 정말 천재이신가 봐."

　한 의원이 말했다.

　"저런 분을 군주로 모실 수 있다니 얼마나 고마운 일인가. 겨우 한 달 만에 400만 달러를 날렸다가, 몇 달 뒤에 그 수백 배를 벌 수 있는 사람이 세상 어디에 또 있겠나?"

　"자네도 알겠지만, 여자하고 돈은 참으로 요상한 데가 있다니까."

　다른 의원이 말했다.

　"그 둘은 서로를 전혀 이해하지 못하나 봐. 하긴 여자들은 돈을 있는 그대로 보는 게 아니라 자기가 원하는 대로 보니까."

　"여자들은 뭐든지 다 원하는 대로 보지 않나. 그야말로 하느님의 축복이지."

　그러자 또 다른 의원이 말했다.

　"왜 죄가 있는 곳에 은혜가 더한다는 말도 있지 않은가."

꼬질꼬질한 소포 꾸러미의 진실

그랜드 펜윅이 주식을 모두 매각해 달러로 바꾸고 있다는 소식은 월스트리트는 물론이고 국제 경제계에서도 일급비밀로 다들 쉬쉬하고 있었다. 이번 매각을 총 지휘하는 사람은 마운트조이였다. 그는 그랜드 펜윅의 연립정권에 의해 재무부 장관으로 임명된 상태였다.

세계 경제계는 그랜드 펜윅이 미국 주식시장에서 거대한 투자자 중 하나이며, 군주인 글로리아나 대공녀의 뛰어난 투자 실력은 위대한 경제학자 케인스보다도 한 수 위라는 사실만 알고 있었다.

테드 홀렉조차도 대공녀가 뛰어난 투자가라고 믿었다. 그는 특히 대공녀가 매번 자신의 행동을 예측하고 한 발 앞서 투자했다는 사실에 경악했다. 생각 같아서는 당장 그랜드 펜윅으로 날아가 그녀를 만나고 싶었다. 그녀와 손을 잡기만 하면, 위대한 투자가 J. P. 모건도 시골 구멍가게 주인처럼 초라하게 만들 만큼 큰 성공을 거둘 자신이 있었다. 하지만 그는 결국 대공녀와 손을 잡지 않기로 마음을 바꾸었다. 여차하면 그녀가 자신을 뛰어넘을 가능성이 있기 때문이다. 그는 모험가였지만 누군가가 자기를 능가할 위험을 감수하면서까지 일을 할 정도는 아니었다. 그래서 그는 오히려 그녀를 피하려고 애썼다. 가급적 그녀로부터 떨어져 지내고, 옛날처럼 엮이지 않으려고 했다.

마운트조이는 공국이 보유한 주식을 처분하기 위해 직접 미국으로 날아갔다. 그는 자신은 물론이고 자신의 임무에 대해서 되도록 남의 이목을 끌지 않기 위해, 뉴욕 5번가에 위치한 그레이스토크라는 이름의 작은 호텔에 여장을 풀었다. 시종 겸 경호원으로는 그랜드 펜윅 뉴욕 원정부대의 일원으로 뉴욕에 온 적이 있는 윌 크레먼을 대동했다. 백작이 윌을 고른 까닭은, 그가 예전에 만난 로지라는 미국 아가씨를 잊지 못하고 있다는 걸 기억했기 때문이다. 백작은 이렇게 은근히 다정다감했다. 윌은 기꺼이 백작을 따라나섰고, 뉴욕에 도착하자마자 엠파이어스테이트 빌딩을 가리키면서 원래 뉴욕 침공이 성공하면 저 건물은 자기가 갖기로 했었다고 신이 나서 자랑했다.

"그랬으면 미국 사람들은 저 건물을 되찾기 위해 저한테 엄청난 돈을 지불했겠지요."

그는 말했다.

"하지만 백작님 말씀대로 돈이란 아무것도 아니니까요."

"내 말뜻은 그게 아니라네, 윌."

마운트조이가 말했다.

"돈이란 조금밖에 없을 때 가장 가치 있는 법이지. 많아지면 가치가 떨어진다는 사실을 기억하게."

"그나저나 미국 여자들은 옷을 무척 짧게 입고 다니는군요."

아직까지도 군인 특유의 예리한 눈을 지닌 윌이 말했다.

"미국 여자들은 하나같이 길쭉길쭉해 보여요. 한번 말이나 붙여봐야겠어요."

그레이스토크에 여장을 풀자마자, 마운트조이는 외교에 있어 최우선이라고 믿어 의심치 않는 '문화행사 참석'에 들어갔다. 우선 5번가에서 간단한 쇼핑을 마치고 윌과 함께 발레 공연을 관람하고, 뉴욕 필하모닉의 새로운 보금자리†에서 하이든의 〈옥스퍼드〉를 감상하고 격찬했다. 하지만 그날 있었던 탄스만과 파야의 연주에 대해서는 노골적으로 혹평했다.

오후에는 사륜마차를 타고 센트럴파크를 돌아다녔고, 그다음에는 증권거래소를 방문했다. 백작은 바쁘게 오가는 사람들로 혼잡한 거래소 안의 방문객들을 위한 공간에 서서 내부를 바라보았다. 그러면서 만약 여기 모인 사람들이 자기가 누구이며, 이곳에 온 목적이 무엇인지를 알게 된다면 얼마나 당황할지 상상하며 흐뭇하게 미소 지었다.

증권거래소에서 나온 백작은 우연히 한스 주점에 들르게 되었다. 물론 백작은 이 술집이 미국 경제계에서 차지하는 특별한 위치에 대해서는 전혀 모르는 상태였다. 평소처럼 바 뒤쪽에 서 있던 한스 역시 마운트조이가 누구인지 몰랐다. 하지만 몸가짐으로 판단하건대 제법 지위가 높은 인물이며, 바짝 잡아맨 우산과 그에 비해 약간 느슨한 넥타이로 미루어 유럽인이라는 것을 간파했다. 한스는 정말 예외적으로 마운트조이에게 필젠 맥주를 직접 따라주었다. 세계 경제계의 두 거물이라 할 수 있는 이들의 만남은 이렇게 스치듯 잠깐의 만남으로 끝났다. 덕분에 자칫하면 일대 소동을 일으켰을지도 모를, 주식을 모두 매각하기로 한 공국의 결정은 이때까지도 보안을 유지하고 있었다.

오후 늦게 마운트조이는 밸치에게 전화를 걸어 자기가 묵고 있는 그레이스토크호텔로 방문해달라고 부탁했다. 밸치가 찾아오자, 백작은 미국 내의 모든 자산을 매각하겠다는 계획을 털어놓아 이 대리인을 경악하게 만들었다.

"최대한 비밀을 유지하면서 일을 진행해야만 합니다."

마운트조이가 말했다.

"이 일에 대한 어떤 문서도 우리 사이에 오가서는 안 됩니다. 당신에게 부탁할 것은 한 가지, 모든 자산을 매각하라는 것입니다. 그리고는 조건 역시 단 한 가지, 앞으로 이에 대해서는 일언반구도 마시라는 겁니다."

"가격은요?"

밸치가 물었다.

"거래소에 자리를 하나 얻어드릴까요?"

† 링컨 센터의 일부인 '에이버리 피셔 홀'을 말한다. 뉴욕 필하모닉 오케스트라는 1962년에 카네기 센터에서 이곳으로 자리를 옮겼다.

"가격은 아무래도 상관없습니다."

마운트조이가 단서를 달았다.

"돈은 현금으로 바꾸어서 모조리 그랜드 펜윅으로 가져가겠습니다."

"계좌이체가 아니고요?"

밸치가 말했다.

"그렇습니다. 이 일이 외부에 알려지면 곤란하니까요. 방법은 아무래도 좋습니다. 하지만 수익은 모두 현금으로 준비해주셔야만 합니다. 채권이나 예금이 아니라 지폐 말입니다."

"맙소사. 이건 전례가 없는 일입니다. 그 많은 돈을 옮기자면 공항까지 무장호송 차량을 동원해야 할 겁니다. 지금껏 유럽 주둔 미군의 월급을 보냈을 때 빼고, 10억이나 되는 미국 달러가 한꺼번에 유럽으로 건너간 적은 없습니다. 어떻게 그 돈을 가져가시려고 합니까? 1,000달러짜리 지폐가 잔뜩 들어찬 포대를 우편으로 보낼 수도 없고요."

"밸치 씨께선 역사에 대해서 잘 모르시는 모양입니다."

마운트조이가 물었다.

"어느 정도는 알지요."

밸치는 백작이 무슨 꿍꿍이인지 궁금했다.

"무슨 좋은 방법이라도 있는 겁니까?"

"그렇게 큰돈을 우편으로, 그것도 보통우편으로 보낸 전례가 있습니다."

백작이 말했다.

"트란스발 정부에서 컬리넌 다이아몬드를 영국 왕실에 선물로 보내려 했을 때죠. 사람 주먹만 했던 다이아몬드 말이오. 왕실은 이 물건이 절도범들의 손에 들어가지 않도록 안전하게 운반할 수 있는 방법을 런던 경찰에 물어보았습니다. 그 결과 요하네스버그의 한 우체국에서 똑같은 모양의 소포 두 개가 영국으로 출발했지요. 그중 하나는 포장도 단단히 하고 막대한 보험까지 들어 특급우편으로 부쳤고, 다른 하나는 포장을 대충해서 가장 싼 우편으로 부쳤습니다. 보험을 든 물건은 발송된 지한 시간 만에 행방이 묘연해졌지만, 일반우편으로 보낸 담배상자 속 다이아몬드는 안전하게 영국에 도착했습니다.

그러니 군용수송기나 외교행낭에 돈을 넣어 보내는 대신, 그냥 갈색 포장지로 둘둘 싸고 끈으로 꽁꽁 묶어서 일반우편으로 보내주십시오. 그러면 사람들은 오래된 잡지 뭉치로 생각할 겁니다. 단언하건대 전혀 문제없이 안전하게 도착할 겁니다."

"그럼 어떤 위험이라도 감수하시겠다는 말씀이십니까?"

"그렇습니다."

마운트조이가 고개를 끄덕였다.

"그 돈을 중간에 모두 도둑맞더라도, 우리 그랜드 펜윅 국민 가운데 어느 한 사람도 눈 하나 깜짝 하지 않을 겁니다."

그날 저녁, 임무를 완수한 마운트조이 백작은 '사르디스'나 '21' 같은 유명한 레스토랑에 가는 대신, 전형적인 미국 음식을 한번 맛보기로 했다. 그가 윌에게 이 계획을 이야기하자, 윌은 곧바로 이렇게 말했다.

"백작님, 그러면 타임스 스퀘어로 가서 네딕스†라는 가판대에서 파는 핫도그를 두어 개 사 먹는 건 어떨까요? 양념이 네 가지나 되고 맛이 괜찮더라고요. 지난 15년 동안 저는 그 핫도그 생각뿐이었어요."

"자네, 전에도 거기 가본 적이 있나?"

백작이 물었다.

"그럼요, 백작님. 거기서 로지를 만난걸요. 그녀는 저를 화성에서 온 외계인으로 생각했죠. 제가 겁내지 말라고 했더니, 저한테 커피하고 핫도그를 하나 주더군요."

"그녀가 아직 거기 있을까?"

"이렇게 멀리까지 왔는데…… 일단 찾아보기라도 했으면 해서요."

월의 얼굴은 새빨개졌다.

"그렇긴 하지."

마운트조이가 빙그레 웃었다.

"'인간의 가슴에서는 영원히 희망이 샘솟나니, 인간은 지금뿐 아니라 영원히 축복받은 존재이니라…….' 포프††의 시라네. 물론 자네는 잘 모르겠지만."

"저는 침례교 집안 출신이니까요."

월이 진지하게 대답했다.

"아마 죽을 때까지도 침례교인일 겁니다."†

두 사람은 타임스 스퀘어에 있는 네딕스 핫도그 가판대를 찾아갔지만 이내 실망하고 말았다. 두 사람을 맞이한 주인은 어딘가 뚜쟁이 같은 분위기의 젊은 남자였다. 그는 너무 바빠서 손님에게 신경 쓸 겨를이 별로 없었고, 게다가 퉁명스럽기까지 했다. 월이 로지에 대해 묻자, 지난 5년 동안 여기서 핫도그 장사를 했지만 로지라는 이름은 들어본 적도 없다고 대꾸했다. 그 말을 듣고 난 월의 모습은 마운트조이 백작의 눈에도 측은하게 보였다.

두 사람은 한참 동안 가판대 앞 의자에 앉아 있었다. 그렇게 30분이 지나자 슬슬 가야 할 때가 온 것 같았다. 두 사람이 앉은 자리에 눈독을 들이는 다른 손님들이 많았기 때문이다. 자리에서 일어선 순간, 월은 뒤에 앉아 있는 통통하면서 예쁘장한 중년 여성을 발견했다. 한참 패션 잡지를 들여다보고 있던 그 여성은 한쪽 팔에 남자아이를 안고 있었다. 마침 자리에서 일어나던 마운트조이가 그 여성과 살짝 부딪혔다. 그는 "죄송합니다, 부인" 하고 말했다.

그 여성이 고개를 들자, 월의 심장은 쿵쿵 뛰기 시작했다.

"로지!"

월이 소리쳤다.

그녀는 월을 한참 동안 빤히 쳐다보더니, 이렇게 말했다.

"화성에서 온 외계인? 어머, 세상에! 그때 이후로는 한 번도……."

† 네딕스Nedick's는 1950년대에 미국 뉴욕에서 핫도그와 오렌지주스로 큰 인기를 끈 음식점이다. 1980년대에 문을 닫았다가 지난 2003년에 '추억의 맛집'으로 다시 문을 열어, 현재 뉴욕에서 세 개의 매장이 성업 중이다.

†† 알렉산더 포프(1688-1744) 영국의 시인. 앞의 인용문은 그의 시 〈인간론〉(1733) 중 한 대목이다.

‡ '포프'는 '로마카톨릭 교황'을 가리키는 고유명사이기도 하기 때문에, 월은 마운트조이가 인용한 시인 '포프'를 '교황'으로 착각했다.

두 사람은 한참 서로를 바라보았다. 그러다가 윌이 꼬마를 쳐다보자, 로지는 얼굴을 붉혔다.

"우리 언니 아들이에요."

그녀는 불쑥 이렇게 말했다.

"난 아직 미혼이거든요."

"어험, 그럼 나는 잠깐 산책 좀 하겠네. 핫도그를 먹었더니 소화가 잘 안되는걸. 이따 호텔에서 보세."

마운트조이가 말했다.

"예, 백작님. 그런데 그랜드 펜윅으로 얼른 돌아가야 하지 않나요?"

"그렇긴 하지. 하지만 혹시 자네가 개인적인, 어험, 용무가 있다면 하루 이틀 정도는 더 있다 와도 돼. 그럼 부인, 저는 이만……."

그는 로지를 향해 모자를 들어올려 인사하고 사람들 무리 속으로 사라졌다.

"저분은 누구세요?"

로지가 물었다.

"꼭 프라이드치킨 집 아저씨처럼 생겼네요."

"저분은 마운트조이 백작님이세요. 세상에서 가장 현명한 분이시지요."

윌이 기쁨에 넘치는 목소리로 말했다.

다음 날, 마운트조이는 임무를 완수하고 혼자 그랜드 펜윅으로 돌아왔다. 벨치는 미국 내의 모든 증권거래소에 있는 그랜드 펜윅 소유의 주식을 매각하기 시작했고, 동시에 소유주의 신원을 최대한 감추기 위해 갖가지 수단과 방법을 총동원했다. 주식은 시장에 나오자마자 순식간에 팔려나갔다. 그토록 많은 주식이 대거 시장에 나오자 주가는 떨어지기 시작했고, 홀렉과 신디케이트는 주가를 유지하기 위해 주식을 사들였다. 그랜드 펜윅의 주식 매각은 3주 만에 완료되었다. 그때부터 밸치는 10억 달러에 달하는 그랜드 펜윅의 수익금을 모조리 달러화로 바꾸는 임무에 직면했다.

마운트조이는 매우 간단한 듯 말했지만, 밸치에게는 거의 해결 불가능한 문제였다. 백작은 그 돈을 일반 소포처럼 둘둘 포장해서 보내면 그만이라고 했다. 하지만 문제는 미국의 어느 은행도 그만한 돈을 현금으로 갖고 있지 않다는 점이었다. 국고 같은 데서 현금을 융통하려고 하면 곧바로 질문이 빗발쳐서, 지금까지 지켜온 비밀이 일거에 탄로날 수도 있었다.

물론 밸치는 주식 매각 대금을 한 은행에만 예치하진 않았다. 그는 한 은행에 100만 달러씩 모두 1,000개의 은행에 돈을 넣어두었다. 미국 내에서 1,000개나 되는 은행을 찾아내는 것만도 무척 힘든 일이었다.

한 가지 방법은 각 은행에 연락을 취해 100만 달러씩 모두 현금으로 지급해달라고 요청하는 것이었다. 또 한 가지 방법은 현재 보유한 금액을 미국 전역의 100만 개 은행 및 지점에 분산했다가 한 군데서 1,000달러씩 현금으로 뽑는 것이었다.

하지만 밸치는 미국 내 은행 지점이 100만 개나 되는지조차 확신할 수 없었다. 한참 생각해본 뒤에, 그는 100만 개 은행에 1,000달러씩 예치하는 계획은 오히려 문제를 복잡하게 만들 뿐이라는 결론에 도달했다. 하루에 은행 열 군데를 방문해서 1,000달러씩 현금으로 가져오더라도, 꼬박 3년은 반복해야—일요일과 휴일도 포함해서—그 돈을 모두 인출할 수 있기 때문이다. 3년 내내 휴일도 없이 놈†부터 뉴올리언스까지 전국 은행을 돌아다니며 1,000달러씩 인출할 자신이 없었다. 밸치는 이 계획을 포기했다.

혹시나 지금 당장 현금을 모두 인출한다고 해도—그러니까 1,000개 은행에서 100만 달러씩—하루에 은행 열 군데씩 들러 돈을 뽑아 그랜드 펜윅으로 보내는 데만도 무려 5개월가량 걸릴 것이다. 물론 어느 은행도 단 5분 내에 100만 달러를 재깍 내놓을 수 없을 테니 현금이 준비될 때까지 하루 이틀, 아니 이틀 하고도 반나절은 필요하다. 그러고 나면 은행도 반드시 무장호송차량을 대동해야 한다고 나설지 몰랐다.

그러면 어떻게 해야 할까? 그는 우선 인출에 앞서 각 은행에 사전통보를 하기로 했다. 은행이 현금을 미리 준비할 수 있게 하고, 자신이 예금증서와 신임장을 가지고 은행을 방문할 날짜를 잡는 것이다. 그는 가장 액면가가 높은 지폐로 지불이 가능한지, 그러니까 1,000달러짜리를 충분히 갖고 있는지 물어볼 작정이었다.††

그는 이 계획이 낫다고 생각했다. 그래서 일단 편지를 '친전親傳'이라고 쓴 편지봉투에 넣어서 각 은행장에게 등기우편으로 발송했다. 편지에는 이번 예금 인출 사실을 절대 외부로 새어 나가서는 안 된다고 신신당부했다. 물론 은행도 고객이 무려 100만 달러를 현금으로 인출해갔다는 소식이 퍼지지 않기를 바라는 것은 마찬가지였다.

그리하여 천천히, 하지만 점차 빠른 추세로 현금이 모이기 시작했다. 밸치는 매번 현금을 트렁크에 챙겨넣었고, 트렁크가 가득 차면 특급 항공우편으로 뉴저지에 있는 사무실로 보냈다. 그리고 트렁크가 도착하면 무조건 자기 방에 두고 손대지 말라고 직원들에게 일렀다.

그는 트렁크를 항공우편으로 보내면서도, 마운트조이의 아이디어에 따라 보험에 들지 않았다. 트렁크 하나에 400만에서 500만 달러가 들어 있는데도 말이다. 그렇게 전국을 돌아다니며 모은 돈이 1억 달러쯤 되었을 때, 밸치는 뉴저지의 사무실로 돌아왔다. 그의 사무실은 온통 트렁크로 꽉 차 있었다. 그중에는 실수로 잘못 보낸, 자기 옷이 들어 있는 트렁크도 있었다.

그날 저녁, 그는 직원들이 모두 퇴근할 때까지 기다렸다. 아무도 남지 않은 걸 확인한 다음, 근처 잡화점에서 사온 소포용지를 꺼냈다. 그리고 현금을 적절한 크기로 쌓아 소포용지로 포장하고 노끈으로 단단히 묶었다.

다음 날, 이렇게 포장한 꾸러미를 우체국까지 가져 갔다. 그런데 우체국 직원이 포장이 제대로 되지 않

† 미국 북부 알래스카 주의 도시.

†† 미국에서는 1930년대부터 500달러와 1,000달러짜리 지폐가 통용되다가 1969년에 폐지되었다. 따라서 레너드 위벌리가 이 책을 집필하던 당시만 해도 1,000달러짜리 지폐는 정식으로 쓰이고 있었다.

왔다며 다시 해오라고 하는 바람에 그는 절망했다. 소포는 높이 120센티미터, 너비 150센티미터를 넘어서는 안 된다는 조항 때문이었다. (미국 체신부 소화물 관련 규정 IV-VI, 제1항 제4조, '해외 일반우편물의 외관.' 본 규정은 페르시아 만 인접 지역을 제외한 모든 해외 국가에 적용됨. 중동 관련 규정은 다음 페이지를 참고하시오 : p.1196~1198.)

그래서 그다음 날, 뱰치는 새로 포장한 소포를 우체국에 가져가 일반우편으로 보내면서, 그랜드 펜윅이란 나라는 페르시아 만 인접 지역이 아니라는 점을 누누이 강조했다. 내용물의 가격이 대략 얼마나 되느냐는 질문에, 그는 얼마 안 된다고만 대답했다. 그리고 보통 인쇄물이기 때문에 굳이 보험을 들 필요도 없다고 덧붙였다.

"옛날 잡지 같은 건가요?"

직원이 물었다.

"그러면 포장하지 말고 그냥 묶어서 가져오시지 그래요? 그러면 도서로 분류돼서 훨씬 싸게 보낼 수 있는데……."

직원은 주소를 들여다보며 말했다.

"이 마운트조이 백작이란 분은 책을 무지 좋아하나 보죠?"

"다 옛날 만화 잡지예요."

뱰치가 둘러댔다.

"그 양반, 배트맨의 광팬이거든요."

여기까지는 만사형통이었고, 결코 비밀이 새어나가지 않았다. 따라서 향후 월스트리트의 경제에도 위기란 전혀 없을 듯했다. 하지만 문제는 이번에도 역시 그 프랑스인 버스기사 살라트였다. 결국 그가 바라던 대로 파리가 미국과 북아프가니스탄 간의 평화회담 개최 장소로 결정되었다. 그런데 아프가니스탄 대표자가 회담 중에는 자기 식대로 양과 염소를 도살해 요리할 수 있어야 한다는 조건을 내세웠다는 신문기사를 읽고 또다시 부아가 나 있었다.

"에이, 이런 돼지 같은 놈들!"

그는 고래고래 소리를 질렀다.

"이 돼지들 같으니! 아니, 우리 프랑스 음식이 그까짓 짐승 고기보다 못하다 이건가?"

그는 외국 야만인들이 프랑스의 훌륭한 요리에 가한 심각한 모욕에 분통을 터뜨렸다. 가뜩이나 화가 나 있는데, 마찬가지로 '외국'인 그랜드 펜윅 공국으로 가는 너덜너덜하고 묵직한 꾸러미들이 버스를 절반이나 차지하고 들어앉으니, 더더욱 열이 뻗쳤다.

그랜드 펜윅 국경을 향해 차를 모는 내내, 그는 프랑스인들의 눈에 비친 외국인들의 갖가지 흠을 들춰내며 신나게 떠들었다. 그리고 그랜드 펜윅 국경에 도달하자, 꾸러미를 거칠게 버스에서 끌어내려 길바닥에 툭툭 던져놓았다.

"거기 자네들 말이야!"

그는 국경수비대를 향해 소리를 질렀다.

"이 사람들보고 더 이상 이런 소포 따위 보내지 말라고 하게. 이놈의 물건들 때문에 내 차가 얼마나 지저분해졌는지 알아?"

오랜 여행에 시달린 소포 꾸러미는 결국 살라트의 우악스러운 마지막 손길을 견뎌내지 못했다. 순간적으로 꾸러미 두 개가 터지면서, 그 안에 있던 1,000달러짜리 지폐가 길 위로 우수수 떨어졌다.

모두가 이 광경을 경악과 침묵 속에 바라보았다. 그 침묵을 깨뜨린 건 역시 살라트였다.

"하느님 맙소사!"

그가 소리쳤다. 그의 눈은 금방이라도 툭 튀어나올 것 같았다.

"돈이다!"

이 말과 함께 그와 버스 승객들은 바닥에 흩어진 돈을 줍기 위해 일제히 길 위로 뛰어들었다. 비록 몇 장 없어지긴 했지만, 그랜드 펜윅 국경수비대는 나머지 꾸러미를 지키는 동시에 흩어져버린 지폐를 대부분 수거했다. 하지만 눈이 뒤집힌 살라트는 어마어마한 돈이 그랜드 펜윅 공국으로 들어오고 있다는 사실을 사방팔방 떠들고 다녔고, 그리하여 지금까지 지켜온 비밀도 만천하에 드러나고 말았다.

미국 경제, 혼란의 도가니에 빠지다

그랜드 펜윅이 거대한 양의 주식을 모조리 매각했고, 그렇게 벌어들인 돈을 고액권 지폐로 가져가고 있다는 엄청난 소식은 결국 한 버스기사의 못된 성질머리 때문에 세상에 폭로되었다. 이로 인해 주식시장이 받은 충격은 어마어마했다. 처음에는 마르세유의 한 조간신문에 실렸던 이 소식이 곧이어 전보로 월스트리트에 전해지자마자 주가는 무려 3포인트나 떨어졌다. 이후로도 주가 하락은 계속되었다.

그랜드 펜윅 이야기가 나오기 전에도, 사람들은 최근 주식시장이 지나치게 과열되었고, 조만간 주가가 떨어질 것이라는 불안감을 갖고 있었다. 그러다가 최근 주식시장 최고의 거물로 떠오른 글로리아나 대공녀가 주식을 모두 처분했다는 소문이 들리자, 이에 놀란 투자가들은 주식을 모조리 팔아치우기 시작했고, 그리하여 혼란은 더욱 가중되었다.

갑작스레 매도 주문이 몰아닥치자, 주가가 급락해서 투자가들의 공포를 가중시켰다. 만일 이때 거물급 투자가들이 적극적으로 주식 매입에 나서기만 했다면 어느 정도 안정성이 확보되어 더 이상의 혼란을 막을 수도 있었을 것이다. 허나 홀렉을 비롯한 거물급 투자가들과 각종 뮤추얼펀드는 그랜드 펜윅이 내놓은 주식을 사들이느라 이미 포화상태였다.

홀렉은 물론 자신의 지분을 계속 보유하고 있었다. 하지만 뮤추얼펀드 쪽에서는 더 이상의 매입을 중단하고, 고객의 원금이라도 보호하는 차원에서 주식을 덩달아 매각하기 시작했다. 그로 인해 주가 하락은 더욱 가속화되었고, 급기야 주식시장은 이성의 힘으로는 제어가 불가능한 폭포수처럼 되어버렸다. 금융업계와 정부가 TV와 신문 등을 통해 현재 미국 경제는 건전하며, 주가가 과대평가되지 않았다고 각종 담화문을 발표했지만, 그것도 주식시장의 붕괴를 막을 수는 없었다. 결국 뉴욕 증권거래소는 거래량이 지나치게 많다는 구실로 일주일간 영업을 중지했고, 이후 미국 전역의 다른 증권거래소들도 그 뒤를 따랐다.

그사이에 또 다른 황당한 소문이 떠돌기 시작했다. 이번 사건은 그랜드 펜윅이 자신들이 보유한 달러를 금으로 상환해달라고 요청했기 때문에 빚어졌다는 소문이었다. 현재 금 가격이 1온스당 35달러였으므로, 그랜드 펜윅이 보유한 달러라면 약 1,000톤가량의 금을 살 수 있었다.†

한쪽에서는 1,000톤에 달하는 금괴가 이미 포트 낙스††에서 그랜드 펜윅으로 출발했다는 소문이 들려왔다. 그 유명한 켄터키의 군사기지 주변에서 군용트럭이 목격될 때마다, 혹시 금괴 수송을 위해 조직된 수송대의 일부가 아니냐는 추측이 난무하면서 소문을 뒷받침했다. 소문은 여기서 더 나아가, 금괴가 유럽에 도착하는 즉시 그랜드 펜윅 성의 지하실로 옮기기 위해, 수송 차량에 FBI 소속 비밀요원들이 타고 있다는 소문이 퍼졌다.

그런데 도대체 그랜드 펜윅이 무엇 때문에 지폐 대신에 금을 원하는 걸까? 답은 간단했다. 세계 어느 나라보다도 경제적 예측에 탁월한 공국에서, 미국이 조만간 달러 약세로 인해 금의 가치를 평가절하하리라는 것을 꿰뚫어보았기 때문이라는 것이다. 금 가격의 변화에 대한 이러한 소문은 사실 지난 몇 달간 계속되어왔으며, 특히 미국이 달러화 가치를 유동적으로 설정한 이후에 소문은 더욱 힘을 얻었다.

조만간 미국이 국제무역에도 같은 조치를 취하리라는—즉, 외국이 보유한 달러화를 금으로 상환하기를 미국이 거부할 수도 있다는—전망이 생겨나면서 전 세계의 금융업자들은 지난 몇 달간 시름에 빠져 있었다. 그러던 와중에 그랜드 펜윅이 금을 수입하고 있다는 소식이 들리자,

† 이 대목에서 저자는 미국의 금본위제 포기 논의가 일어나던 1960년대 말의 상황을 풍자하고 있다. 미국은 1971년에야 닉슨이 신新경제정책을 발표하며 금본위제를 포기했다. 따라서 레너드 위벌리가 이 책에서 묘사한 내용은 2년 뒤에 이루어진 현실과 약간의 차이는 있지만, 미국이 금본위제를 포기할 수밖에 없었던 현실을 정확히 예측한 대목이라고 할 수 있다.

†† 미국 켄터키 주에 위치한 군사기지 이름. 이곳에 미국 재무성 소유의 금괴보관소가 있다.

미국 달러화를 보유하고 있던 다른 나라들도 그 뒤를 따랐다. 물론 정확히 말하자면 그랜드 펜윅은 미국에 달러 대신 금을 요구한 적이 없으므로 '뒤를 따랐다'라고 하기엔 좀 뭣하지만 말이다. 어쨌든 이런 움직임은 그랜드 펜윅 공국이 가장 먼저 시작한 것으로 알려졌고, 자세한 소문이 널리 퍼져나간 상태였다. 하지만 미국 달러를 내놓으며 금 상환을 원하는 다른 국가들의 요청은 소문이 아닌 현실이었다.

프랑스는 지금까지 쟁여두었던 달러를 내놓았고, 서독도 마찬가지였다. 영국은 한동안 달러를 보유하고 있다가, 자국의 경제 위기와 금 가격의 평가절하를 걱정한 나머지, 역시 금 상환을 요구하기 시작했다. 세계 각국에서 미국 금에 대한 수요가 증가하면서, 이번에는 포트 낙스는 물론이고 미국 내 금 보유고가 수요에 전혀 미치지 못한다는 또 다른 소문이—물론 사실이 아니었다—퍼져나갔다.

이런 추세에 한 가지 예외가 있긴 했다. 「뉴욕 타임스」에 이런 제목의 희망적인 기사가 실린 것이다.

핀란드에서 미국에 차관 제공 의사 표명

이런 혼란 속에서는 정부가 아무리 소문을 부정해도 먹혀들지 않았다. 대중매체를 통해 이미 수백만 명의 머릿속에 소문이 단단히 심어진 다음이다 보니, 그것을 부정하려 하면 할수록 의구심만 커졌다. 과연 앞으로는 어떻게 될까? 사람들은 이런 질문을 주고받았다. 미국 정부는 그랜드 펜윅 공국에 1,000톤에 달하는 금괴를 실어 보냈다는 소문은 사실이 아니라고 부정할 것이다. 그 사실을 순순히 인정했다가는 다음 선거에서 참패할 것이 분명하기 때문이다. 게다가 그게 어디 보통 금인가? 그건 미국의 금이었다. 미국 국민들은 포트 낙스에 금이 보관되어 있다는 사실에 대해 커다란 자부심을 갖고 있었고, 또한 든든하게 생각했다. 그랜드 펜윅의 지하실에 달러 지폐를 쌓아놓으면 공국 사람들이 큰 만족감을 느낄 것이라고 마운트조이 백작이 생각했던 것처럼 말이다. 물론 미국인들 대부분은 그랜드 펜윅과 달리 금을 보거나 만질 수 없었지만, 그래도 거기 금이 있다는 것만으로도 안심이 됐다. 그러니 금이 곧 없어질 거라는—즉, 포트 낙스가 빈털터리가 된다는—상상은 얼마나 끔찍했을까. 국민들은 자신이 번 것은 물론이고 조상들이 수세기 동안 노력해서 번 모든 것이 일거에 날아가는 듯 느꼈다. 그리하여 그들은 이제 달러 지폐가 종잇조각에 불과하다고 생각하기에 이르렀다.

정부 각료들은 갖가지 사안에 대해서 툭하면 회의를 열면서도, 정작 돈의 본질에 대해서는 고려해본 적이 거의 없었고, 항상 문제를 재무부와 금융안전위원회에 떠넘겨왔다. 하지만 이처럼 크나큰 위기에 직면하자, 모두가 출석하는 각료회의를 열 수밖에 없었다. 이 모든 것이 부자가 되지 않으려던 그랜드 펜윅의 의도와는 전혀 딴 방향으로 벌어진 소동이었다.

각료회의에서 재무부 장관 이븐 로버츠—펜실베이니아 주의 어느 탄광촌에서 광부의 아들로 태어났다—는 대통령과 각료들에게 돈의 신비에 대해서 일장 연설을 늘어놓았다. 그 내용은 마운트조이 백작이 그랜드 펜윅의 추밀원 회의에서 한 연설과 대동소이했다.

"본질적으로 돈이란 신뢰입니다."

로버츠가 말했다.

"돈은 금이나 은도, 다이아몬드나 조롱박†도 아닙니다. 단지 서로 간의 믿음일 뿐입니다. 지금 우리가 직면한 위기는 신뢰의 위기입니다. 국내외적으로 돈에 대한 대중의 불신이 팽배해 있습니다. 우리가 해야 할 일은 그 신뢰를 되찾는 것입니다."

"신뢰를 되찾는 가장 손쉬운 방법은 무엇보다도, 누가 원하든지 또는 어떤 권리를 주장하든지, 금 유출을 막는 것 아니겠습니까?"

내무부 장관이 목청을 높였다.

"언젠가는 이 모든 소동이 잠잠해지고 금 가격이 우리가 정한 1온스당 35달러 아래로 떨어질 날이 올 겁니다. 그렇게 되면 전 세계의 금이 우리나라로 밀려오겠지요."

"그때가 오기도 전에 금은 바닥날 텐데요."

로버츠가 말했다. 그는 말을 계속했다.

"정부는 오래전부터 우리의 통화를 유지시켜주는 것이 금이 아니라 신뢰라는 점을 깨닫고 있었습니다. 그래서 지난 몇 년간 금 수요가 늘어나는데도 1온스당 35달러라는 가격을 유지하여 금 보유고를 서서히 줄인 것입니다."

"미국에는 폐쇄된 금광이 많지 않습니까?"

내무부 장관이 다시 물었다.

"금광을 모두 다시 열어서 수천 톤 정도 더 생산하면 어떨까요?"

로버츠는 그 제안에 싱긋 웃으며 이렇게 대답했다.

"금을 채굴하고, 분쇄하고, 제련하기까지 드는 비용이 1온스당 40달러는 넘습니다. 그러면 1온스당 5달러씩 손해 보게 되지요. 수백 톤이면 어마어마한 금액이 될 겁니다."

"차라리 금 가격을 올리면 어떻습니까?"

상무부 장관이 물었다.

"그러면 달러화를 평가절하하는 현상이 벌어지게 됩니다."

로버츠가 말했다.

"현재 공식적으로 금 1온스당 가격은 35달러입니다. 여기서 가격을 40달러로 올린다면, 상대적으로 달러의 가치가 내려가면서 해외에 있는 모든 달러 보유자들을 골탕 먹이는 형국이 됩니다. 우리에게서 차관을 가져간 나라들만 해도 달러가 평가절하되면 갚아야 할 돈이 늘어나지요."

각료회의에 참석한 모두의 입에서 신음에 가까운 소리가 흘러나왔다. 다들 마치 덫에 걸린 듯한 기분이었다. 귀신에 홀린 것처럼, 뭘 어째야 할지 몰라 무기력하기만 했다.

† 중앙아메리카 서인도제도에 위치한 섬나라 아이티에서 한때 돈으로 쓰였다.

"그나저나 그랜드 펜윅은 도대체 무슨 의도로 이런 짓을 하는 걸까요? 우리가 그들에게 뭘 어쨌다고 이러는 거냔 말입니다."

누군가가 물었다.

"제 생각에는 이 각료회의 석상에서도 그랜드 펜윅에 대한 오해가 없지 않은 듯합니다."

재무부 장관이 말했다.

"그랜드 펜윅은 이와 같은 경제적 재난을 불러일으킬 의도가 없었다고 봅니다. 제가 그곳 군주인 글로리아나 12세 대공녀와 재무부 장관인 마운트조이 백작과 이야기를 나눠보았습니다. 놀라운 사실은 그랜드 펜윅에서 우리 경제를 좌초시키기 위해 이 일을 꾸민 것이 아니라, 자기네가 부자가 되고 싶지 않아서 그랬다는 겁니다. 그랜드 펜윅은 자국민에게 가장 유리한 경제 상태를 유지하는 것 외에는 별다른 야심이나 목표가 없었습니다. 갑작스럽게 막대한 돈이 생기자, 그걸 없애버리려고 발버둥치다가 일이 이 모양이 된 겁니다."

자세한 보고서와 함께 이를 해명하는 데에 두 시간이나 걸렸다. 그러자 회의장에는 한층 누그러진 침묵이 감돌았다.

"그러면 말입니다."

상무부 장관이 약간 떨리는 목소리로 침묵을 깨며 말했다.

"우리는 그 나라를 건드려서는 안 되겠군요. 지구상에 단 하나 남은 멀쩡한 나라이니 말입니다."

"흠……."

지금까지 이야기를 쭉 듣기만 했던 대통령이 처음으로 입을 열었다.

"자네들 의견은 어떤가? 이 일을 어떻게 하지?"

"그렇잖아도 제가 프랑스에 있는 우리 대사관을 통해서 대공녀와 마운트조이 백작과 상의를 했습니다. 아, 그랜드 펜윅에는 우리 대사관이 없거든요."

재무부 장관이 말했다.

"이해할 수는 없었지만, 저는 그들이 제시한 해결책이 마음에 들더군요. 다른 뾰족한 수가 없는 만큼, 그 제안을 받아들이는 편이 낫다고 봅니다. 그쪽에서는 이전에 맺은 그랜드 펜윅과 미국 간의 평화조약을 수정해서, 자기들이 미국 껌 공장에서 발생하는 로열티를 더 이상 받지 않게 해달랍니다. 돈은 필요 없다면서요."

대통령은 숨을 깊이 들이쉬었다.

"계속하게."

그는 그런 조건이라면 받아들일 만하다는 의미로 침묵을 지켰다.

"그다음에 자신들의 주식 매각 대금을 모두 달러 지폐로 보내 달라고 했습니다. 국가의 명예를 걸고 한 푼도 금으로 상환해달라고 요구하진 않겠다고 했습니다. 대신 글로리아나 대공녀가 공식 기자회견을 열어서 미국 경제와 정부, 그리고 미국의 산업과 자본주의 체제에 대해 전폭적인 신뢰를 보내고 있을 공개적으로 선언하기로 했습니다. 아울러 자신이 주식시장에서 물러나게 된 것은, 한 나라가 다른 나라의 주식시장에 투자

해서 막대한 금액을 벌어들이는 것은 비윤리적이라는 결론에
이르렀기 때문이라고 말하겠답니다. 한 국가가 개인 투자가들
의 이익을 갈취해서는 안 된다고 말입니다. 더 나아가서 그랜
드 펜윅 공국이 그저 낭만적인 가치를 지녔을 뿐인 금보다는
미국 달러를 더 신뢰한다고 밝히기로 했습니다. 이를 증명하는
뜻에서 기자회견 도중에 그랜드 펜윅 성 지하실에 쌓여 있는
달러 뭉치를 공개하고요."

각료회의에 참석한 모두가 이 제안에 대해 곰곰이 생각하는
동안, 회의장 안에는 다시 한 번 침묵이 감돌았다.

"정말 엉뚱한 제안이로군."

결국 대통령이 입을 열었다.

"그랜드 펜윅이 내세운 제안이라는 것 말일세. 그럭저럭 먹
혀들지 않을까 싶군. 우리가 특별히 손해 볼 것도 없고 말이야.
나머지 돈을 그들에게 모두 보내주고, 조약을 수정한 다음에
무슨 일이 벌어질지 지켜보세."

황금 알을 낳는 생쥐, 그랜드 펜윅

미국 경제와 산업에 대한 국제적인 신뢰를 되찾기 위해 그랜드 펜윅에서 열린 기자회견은 성공적으로 끝났다. 기자회견은 세계 각국의 신문, 라디오, 잡지, TV 등 다양한 매체의 대표들이 참석한 가운데 펜윅 성의 지하실에서 열렸다. 글로리아나 대공녀는 우아한 금빛 드레스를 입고―이는 마운트조이의 조언을 따른 것이었는데, 벤트너는 눈살을 찌푸렸다―사방에 쌓여 있는 달러 지폐들 앞에서 기자회견에 임했다. 언론인들은 물론이고 거기 참석한 소수의 금융전문가들―미국 재무부 장관인 이븐 로버츠도 그중 한 사람이었다―역시 산더미 같은 현금에 압도되었다.

로버츠가 잔뜩 쌓여 있는 돈더미 가운데 1,000달러짜리 지폐 한 다발을 글로리아나에게 건네자, 그녀는 자신이 받아든 돈다

발을 카메라 앞에 들이대면서, 이것이 세계 최강국인 미국 산업에 대한 신뢰로 자신이 투자한 결과라고 말했다. 그리고 그랜드 펜윅으로선 매우 유효한 판단이었다고 덧붙였다. 아울러 공국은 금 상환을 요구하지 않을 것이며, 이처럼 달러화로 현금을 보유하게 되어 무척 만족스럽다고 했다.

대공녀는 다음과 같은 발언으로 기자회견을 마무리 지었다.

"다른 사람들은 몰라도, 우리 그랜드 펜윅 공국은 미국 정부와 국민을 전폭적으로 신뢰합니다."

이에 기자회견 참석자들은 모두 박수를 보냈다. 곧이어 재무부 장관 마운트조이와 수상 벤트너의 발언이 이어졌다. 벤트너는 한 나라의 부는 다름 아닌 농산품에 근거한다며, 올해 그랜드 펜윅의 포도 농사가 풍년이기 때문에 예년과 같은 우수한 품질을 보증할 수 있다고 말했다. 그 발언을 마지막으로 기자회견은 모두 끝났다.

재무부 장관 마운트조이는 마지막까지 지하실에 남아 있다가, 한 바퀴 둘러본 뒤 묵직한 쇠문을 닫고 나왔다. 문을 닫기 직전에 그는 자기 앞에 서 있던 미국 재무부 장관 로버츠에게 물었다.

"혹시 성냥 갖고 계십니까?"

"그럼요."

로버츠가 성냥갑을 건네주었다.

그러자 백작은 성냥을 하나 그어서 불을 붙였다. 그 불을 성냥갑 전체에 붙인 다음, 지하실 창문을 통해 잔뜩 쌓여 있는 지폐 더미 한가운데로 던져버렸다.

"이렇게 하면 우리가 10억 달러어치 선물을 드리는 셈이겠군요."

백작이 말했다.

"기쁘게 받아주시면 감사하겠습니다."

"이 은혜는 결코 잊지 않겠습니다."

로버츠가 감동받은 듯 말했다.

두 사람은 악수를 나눈 뒤에 함께 계단을 올라갔다. 지하실 문 뒤에서는 종이가 타는 매캐한 연기가 흘러나오고 있었다.

그리하여 모든 문제가 해결되었다. 그랜드 펜윅의 경제는 물론이고, 미국 경제도 정상으로 되돌아온 것이다. 세계는 곳곳에서 소란이 끊이지 않는 일상으로 되돌아왔다. 이쪽에서는 평화회담이, 저쪽에서는 전쟁의 위협이, 한쪽에서는 핵폭탄의 위협이, 또 다른 쪽에서는 다른 행성으로 로켓을 쏘아올리는 일이 벌어지고 있었다. 글로리아나 대공녀는 물론이고 마운트조이 백작도 이제 아무 걱정 없이 마음을 푹 놓을 수 있었다. 마운트조이는 전처럼 「타임스」를 열심히 읽긴 했지만, 이제는 오로지 십자말 퀴즈를 푸는 데에만 열중했다.

위기가 지나가고 모든 것이 잠잠해졌다.

그로부터 한 달 뒤, 마운트조이는 코킨츠 박사가 몇 달 전에 뭔가 특이한 실험장비를 하나 주문했다는 사실을 떠올리고는, 실험이 어떻게 진행되고 있는지 궁금해서 위대한 물리학자의 실험실을 방문했다.

코킨츠 박사는 기이하게 생긴 실험장비에 대해서는 딱히 명확한 설명을 해주지 않았다. 마운트조이와 박사의 대화는 카나리아에 대한 이야기부터 시작해서 소리와 빛을 어떻게 연계시키는지에 대한 이야기로 접어들었다.

"물론 광속과 음속에 대해서 들어보신 적이 있을 겁니다."

코킨츠 박사가 말했다.

"광속은 불변하지만, 음속은 어떤 물질을 통과하느냐에 따라서 달라집니다. 그런데 저는 음속을 우리가 흔히 말하는 일반적인 음속보다도 훨씬 빠르게 만들었습니다. 심지어 음속을 광속에 가까울 정도로 빠르게 하다 보니, 결국 소리를 빛으로, 그러니까 어떤 에너지를 다른 형태의 에너지로 바꿀 수 있게 된 겁니다."

"그렇군요."

마운트조이는 실험실에 온 것을 후회하고 있었다.

"그로 인해 모차르트가 작곡한 불멸의 명곡들이 수난을 겪지는 않았으면 좋겠군요."

"아, 그건 아니죠. 누가 감히 모차르트의 작품을 해코지하겠습니까? 다만 몇 가지 흥미로운 가능성은 있습니다."

코킨츠가 말했다.

"가령?"

"저걸 한번 보시죠."

코킨츠가 뭔가를 손가락으로 가리켰다. 그것은 코킨츠가 식물표본을 누르는 데 사용했던, 성벽에서 빼낸 커다란 돌이었다. 지금은 탁한 노란색을 띠고 있었다.

"직접 칠하신 겁니까?"

마운트조이가 물었다.

"아닙니다. 이건 순금입니다. 물론 진동 차이 때문에 안쪽 한가운데는 순금이라 할 수 없……."

마운트조이는 허둥지둥 돌 쪽으로 달려갔다. 그는 돌을 집어 들었으나 어찌나 무거운지 그만 떨어뜨릴 뻔했다.

"순금이라고요? 돌덩어리를 순금으로 바꾸셨단 말입니까?"

그가 물었다.

"그렇습니다. 그러니까 원자핵의 궤도에 약간의 조작을 함으로써 원자의 전체적인 구조를……."

코킨츠 박사가 말했다.

"그러면 무슨 물건이든 이렇게 바꾸실 수 있는 겁니까?"

마운트조이가 박사의 말을 끊으며 물었다.

"아직은 화강암만 가능합니다."

코킨츠 박사가 겸손하게 말했다.

"충분히 큰 장비만 있으면 이 성 전체를 순금으로 바꿀 수도 있습니다. 하지만 그게 무슨 소용이겠습니까? 순금으로 된 성이 필요한 것도 아닌데요."

마운트조이는 머리가 핑핑 돌 지경이었다. 자세한 내용을 듣기도 전에, 그는 코킨츠 박사가 개발한 이 장치가 세계 경제를 단숨에 파멸로 몰아넣을 수 있는 물건임을 깨달았다. 만약 그토록 간단하게 금을 대량생산할 수 있다면, 나중에는 금 1톤당 가격이 몇 센트에도 미치지 못할 것이고, 그러면 세계 경제는 몰락할 것이다.

"코킨츠 박사."

마운트조이가 말했다.

"박사께서 개발하신 그 장치에 대한 이야기가 제발 이 실험실 밖으로 새어나가지 않게 해주셨으면 합니다. 박사께서 그 실험을 하느라 바쁘신 동안 우리는 간신히 우리나라와 미국이 처한 경제 문제를 해결했으니까요. 박사의 발명품에 대한 소문이 퍼지면, 그 즉시 모든 노력이 수포로 돌아가고 세계 경제가 파멸을 맞게 될 겁니다. 그러니 제발 이 장치는 철거해주시고, 실험도 중지해주시면 감사하겠습니다."

코킨츠 박사는 커다란 움폴 파이프를 주머니에서 꺼내 그 안에 담배를 채워넣은 다음, 불을 붙여 몇 모금 빨았다.

"그렇다면 저도 한 가지 조건이 있습니다."

코킨츠 박사가 말했다.

"그게 뭡니까?"

"다음에 또 지하실에서 종이 같은 것을 태우시려면 반드시 제게 먼저 알려주셨으면 합니다. 연기 때문에 새들이 무척 고생했거든요. 그래서 지금 다들 몸이 성치 못합니다."

"기꺼이 약속하지요."

마운트조이가 말했다.

코킨츠 박사는 동의의 표시로 고개를 끄덕였다. 그리고 나서

짙은 회색 페인트 통을 하나 꺼내 들고, 순금 덩어리를 완전히
회색으로 칠해버렸다.

"페인트가 마르면 다시 벽에 끼워 놓겠습니다."

그가 말했다.

"이젠 너무 무거워서 식물표본 누르는 데도 못 쓰거든요."

역자 후기

　이 책은 레너드 위벌리가 쓴 4부작의 《그랜드 펜윅》 시리즈 가운데 제3부에 해당한다. 1부에서 미국을 중심으로 한 강대국과 약소국의 역학 관계에 대한 풍자가 이루어진 데 뒤이어, 3부에서는 월스트리트를 중심으로 한 미국의 경제 현실에 대한 풍자가 이루어진다. 솔직히 요즘의 기준으로 보자면 복권 1등 당첨금에도 채 못 미치는 100만 달러에 확 뒤집어지는 약소국 그랜드 펜윅의 아기자기한 경제 현실은 그야말로 '귀엽기' 짝이 없다. 그렇지만 이 책에서 날카롭게 풍자한 자본주의 경제와 주식시장의 모습은 수십 년이 지난 지금까지도 고개가 절로 끄덕여지는 흥미로운 대목이기도 하다.

　1부인 『약소국 그랜드 펜윅의 뉴욕 침공기』 다음에 2부를 제

쳐두고 3부를 먼저 내는 까닭은, 이 작품의 주 내용이 1부에서 일어났던 미국과의 전쟁 결과로 설립된 '껌 공장'에서 나온 막대한 로열티로 인해서 그랜드 펜윅 경제가 위기에 처하게 된다는 것으로, 다른 책에 비해 어느 정도 1부와 연속성이 있다고 판단해서이다. 그에 비하면 이 시리즈의 2부와 4부는 배경이나 인물이 똑같기는 하지만, 시리즈로서의 연속성은 오히려 덜한 편이다.

물론 그런 내용상의 이유 말고도, 역자가 그랜드 펜윅 시리즈의 1부를 신촌의 어느 헌책방에서 발견한 뒤에, 이번에는 시리즈 3부와 시리즈에는 포함되지 않지만 또 다른 책 한 권―『코끼리를 만나다Meeting the Great Beast』―을 독립문 근처의 어느 헌책방에서 역시나 우연히 발견했기 때문이기도 하다(대한민국 헌책방 만세!). 그러고 보면 이 책의 저자와 역자의 인연도 참으로 기이한 데가 있다는 생각에, 다른 시리즈보다도 더욱 애착이 가는 3부를 먼저 번역하게 된 것이다.

노파심 같지만 한마디 보태자면, 이 책을 읽다보면 1부와는 몇 가지 달라진 부분이 있어서 독자들이 좀 어리둥절해할지도 모르겠다. 가령 1부에서 마운트조이 백작과 사사건건 대립하던 '회석당'의 당수 '벤터 씨'는 3부에서 '노동당' 당수 '벤트너 씨'로 이름이 바뀌어 등장한다. 처음에는 혹시 오타가 아닐까 싶기도 했는데, 이 인물은 2부에서부터 '벤트너 씨'로 등장하는 것으로 보아 일단 1부의 '벤터 씨'와는 '다른' 인물로 이해해야 하지 않을까 싶다. 물론 실제로 하는 역할은 '벤터 씨'와 별로 다르지 않지만 말이다(솔직히 역자로선 '내가 사람 이름을 잘못 번역했나?' 싶어서 이만저만 긴장했던 것이 아니다).

아울러 뉴욕 원정대의 일원으로 참가했던 윌이 로지라는 미국 아가씨를 만나는 장면 역시 1부에서는 구체적으로 묘사된 바가 없다. 따라서 이 책을 읽고 나서 뒤늦게 '그게 어디 나왔더라?' 하고 뒤적이는 독자는 없길 바란다(이 역시 역자로선 '혹시 그런 장면이 있었는데 내가 빼먹은 것은 아닌가?' 싶어서 1부를 샅샅이 뒤져보았기에 하는 말이다).

이리하여 뜨인돌출판사에 또 한 마리 생쥐를 보내드린다. 앞서 보내드린 생쥐 한 마리(『약소국 그랜드 펜윅의 뉴욕 침공기The Mouse that Roared』)와 더불어 부디 무럭무럭 자라나서 '황금 알을 낳는' 생쥐(『약소국 그랜드 펜윅의 월스트리트 공략기The Mouse on Wall Street』)가 되었으면 하는 바람이다. 늘 성원해주시는 뜨인돌출판사 여러분께 감사할 뿐이다.

박중서